哀切の小海線

西村京太郎

角川文庫
19959

目次

第一章　脱走

1

鹿島源太《かしまげんた》、いや、今はまだ一二一八番という番号で呼ばれている男は、看守に呼ばれて所長室に行った。

所長は、大柄な男である。あだ名はシロクマという。そのシロクマが、鹿島源太に向かって、

「まあ、そこにかけなさい」

と、優しい声をかけた。

いつもは厳しい表情の所長が、今日は、柔らかな微笑をたたえている。

「君も、いよいよ、あと一週間で出所だな。おめでとう。入所の時に、君から預かっていたものを、ここに揃えておいた。なくなっているものがないか、調べてみてくれ」

所長が、相変わらず優しい口調で、鹿島源太に、いった。

所長は、ひとまとめにしてあったものを、机の上に広げていく。

中から出てきたのは、七年前、ここに入所した時に、身につけていた、背広、靴下、靴、財布、六千円の現金、手帳、シャープペン、腕時計などである。

「なくなっているものはないか？」

所長が、きく。

「あるよ。一つだけ、なくなっているものがある」

と、鹿島が、いった。

「何だね？」

「俺の拳銃《けんじゅう》だよ。逮捕された時に持っていた、拳銃がなくなっているじゃないか」

鹿島がいうと、所長は、当惑した表情になった。

「拳銃？」

「俺はね、ここに来る前、拳銃を持っていたんだ。その拳銃がなくなっている。あれは、俺にとって、大事なものだ。返してほしいね」

鹿島源太がいう。

「何を、バカなことをいっているんだ。入所の時、拳銃はある筈《はず》がない。逮捕された時、没収されてるからだ。第一、そんなものを持って、故郷には帰れんだろう？ たしか、君の故郷は、九州の博多《はかた》だったな？」

「ああ、そうだ。博多だよ。出所したら、帰るつもりさ。だが、それは、あんたの知ったことじゃない。とにかく、拳銃を返してくれ」

鹿島源太は、繰り返した。

「いったい、どうしたんだ？ 何バカなことをいってるんだ？」

所長は、苦い表情になっている。そのままにらんでいると、鹿島源太は、所長の顔を、いきなりぶん殴った。

物音を聞きつけて、看守が飛んでくる。今度は、その看守を、鹿島は肩車で投げ飛ばした。

看守が、床に叩《たた》きつけられて、呻《うめ》き声を上げた。立ち上がろうとするのだが、打ちどころが悪かったのか、立ち上がれずに転がってしまった。

「これ以上バカなことをしたら、出所出来なくなるぞ」

所長が、怒鳴った。

その所長を、もう一度、鹿島は殴りつけた。

今度は、所長が、その場で転倒し、気絶してしまった。

鹿島は、机の上の背広に、ゆっくりと手を通していった。腕時計をはめる。ポケットに、六千円の入った財布を入れる。

そのあと、鹿島は、軽々とカウンターを飛び越すと、部屋の奥にあったキャビネットを開け、そこに入っていた拳銃を取り上げた。弾倉に弾丸を詰め、音を立てて、拳銃にはめ込んだ。

ずっしりと重い拳銃である。その拳銃をポケットに放り込み、ゆっくりと所長室を出ていった。

鹿島は、刑務所の玄関に向かって、歩いていく。

若い看守が、立ちはだかった。その看守に向かって、鹿島は、銃を突きつけた。

看守が、ひるむ。

鹿島は、拳銃で、目の前の看守を殴りつけた。

看守が悲鳴を上げて、廊下に転がった。

刑務所の入り口に、護送車が停まっている。今日、新顔の囚人を運んできたのだろう。

運転席に、若い係官が座っていた。

鹿島は近づいて、窓を叩いた。

若い係官が、ドアを開けて、

「何だ？」

ときく。鹿島は、その係官の眉間《みけん》に、銃口を押しつけた。

「いいか、大人しくしていろ。何もするな。俺を、乗せていってくれれば、命までは取らない。しかし、断れば殺すぞ」

「分かったよ。勝手にしろ」

若い係官が、投げ出すような口調で、いう。

鹿島は、パトカーのリアシートに乗り込んで、

「さあ、出発だ」

と、大きな声で、いった。

2

所長は、意識を取り戻すと、すぐベルを押した。けたたましいサイレンが、刑務所中に鳴り響いた。

副所長が飛んできた。

「どうされましたか?」

「どうもこうもない。一二一八番が、私を殴って拳銃を奪い、脱走したんだ。すぐに非常呼集だ」

今度は、副所長がベルを押し、サイレンを鳴らした。

「今、脱走したのは、一二一八番といわれましたね? 一二一八番といえば、たしか、鹿島源太ですね。一週間後に出所することになっていたんじゃありませんか?」

副所長がいう。

「その通りなんだ。鹿島源太は、十年の刑期で、ここに服役した。模範囚だったので、七年に短縮されて、君のいう通り、一週間後に釈放されることになっていたんだ。それなのに、いきなり私を殴りつけ、看守を投げ飛ばして逃げた。あと一週間我慢すれば、晴れて堂々と社会復帰が出来たというのに、どうして、こんなバカなことをしたのか、全く分からん」

所長は、地元の警察に電話をかけ、なるべく早く、一二一八番こと、鹿島源太を逮捕するようにと、要請した。

すぐ刑事たちが動員され、パトカーが走り回るが、鹿島源太は、見つからなかった。

所長が殴られて気絶し、意識を回復するまでの時間は、三十分かかっている。その三十分という時間が、逃げた鹿島源太をなかなか発見出来ない理由になっているに違いなかった。鹿島源太の脱走を報告するまでに、あまりにも時間がかかりすぎたのだ。

所長は、法務省にも連絡し、事態を報告した後で、警視庁の捜査一課に、電話をかけた。

「一時間ほど前、府中《ふちゅう》に収監されていた囚人が一人、脱走しました。名前は、鹿島源太、三十八歳です。この囚人は、今から七年前に、捜査一課の十津川《とつがわ》班が逮捕した男です。そのため、お伝えします」

3

警視庁で、十津川は、捜査一課長の本多《ほんだ》に呼ばれた。

「今、府中刑務所から連絡があった。鹿島源太という囚人が、今から一時間ほど前に脱走したそうだ。鹿島源太は、たしか、七年前に、君が逮捕した男じゃなかったかね？」

本多一課長が、いった。

「はい、その通りです。あの男のことは、よく覚えていますよ」

「どんな男だ？」

「一言でいえば、頭も切れ、体力もある男です。柔道や剣道の有段者で、そのほか、空手や合気道、ボクシングもやります。したがって、七年前に逮捕する時は、骨が折れました。彼一人を逮捕するのに、七人の刑事で向かったのですが、三人が投げ飛ばされ、そのうち二人が、病院に入院させられました。とにかく体力があって、強い男ですよ」

「そうだったな。たった一人を逮捕するのに、君たちがえらく苦労させられたことを、今、思い出した。そうか、鹿島源太というのは、あの時に大暴れした、あの男か」

「鹿島源太は、本当に、今日、府中刑務所を脱走したんですか？」

「今から一時間、いや、正確には一時間二十分前だが、所長と看守を殴り、投げ飛ばして、刑務所の入り口に停めてあった護送車に乗り込んで、脱走した。全パトカーが動員されて、必死に行方を探しているが、まだ見つかっていない」

「しかし、おかしいですね」

「おかしい？　いったい何がおかしいんだ？」

「たしか、あの男は、一週間後に、刑期満了で、出所することになっていた筈《はず》です。あと一週間だけ我慢して、大人しくしていれば、堂々と出所出来るのに、何で、そんなバカなことをしたんでしょうか？　それで今、おかしいといったんですが」

「そうか。鹿島源太は、一週間後に出所することになっていたのか？」

「そうです。間違いありません。鹿島源太のことが気になって、最近、調べたんですから。それにしても、どうして、所長や看守を殴って、逃亡なんかしたんでしょうか？」

十津川は、盛んに首をひねっていた。

「たしかに、君のいう通りだな」

「おかしいですよ」

「よし、その点をきいてみよう」

本多一課長は、府中刑務所に電話をかけ、所長に鹿島源太が、なぜ突然、脱走したのかをきいてみた。

所長が、答える。

「そうなんです。本多課長のおっしゃる通りで、こちらでも、所員たちが、おかしいと、首を傾げています」

「鹿島源太は、逃亡する時に、何もいわなかったんですか？」

「郷里の九州、博多ですが、そこに帰るといっていましたね。父親は、すでに亡くなっていますが、母親は元気で、一人で飲み屋をやっている筈です。今、その母親に電話をして、息子の鹿島源太が、脱走したことを知らせました」

「九州ですか」

「福岡県警にも電話しましたから、鹿島源太が、母親に会おうとして、博多に戻れば、逮捕出来ると思っています」

「鹿島源太は脱走した時、いくら金を持っていたんですか？」

本多一課長がきく。

「現金が六千円だけです」

「ほかに、何か金目のものを持って逃げたということは、ありませんか？」

「金になりそうなのは、せいぜい腕時計くらいのものですね。それも中古の国産ですから、金にはならないと思います」

と、所長が、いった。

所長との電話が終わると、本多は、十津川に、所長の話を伝え、

「府中刑務所の所長から、鹿島源太に対する逮捕の要請が、来ている。鹿島は、拳《けん》銃《じゅう》と実弾八発を持って逃走しているから、一刻も早く身柄を確保しないと、被害が出る可能性がある。そこで、君も、鹿島源太の逮捕に動いてくれ」

と、いった。

「鹿島源太の持っているのは、スミス・アンド・ウェッソンの拳銃と、八発の実弾だ。鹿島源太の逮捕については、くれぐれも慎重に行動するように」

本多一課長が、いった。

十津川警部、そして、亀井《かめい》をはじめとする六人の部下の刑事たちが、一斉に警視庁を飛び出した。

4

十津川は、西本《にしもと》と日下《くさか》の若い刑事二人に、すぐ九州に飛ぶように、命令した。福岡に着いたら、すぐ福岡県警と合同で、鹿島源太の逮捕に全力を尽くすようにと、いい添えた。

鹿島源太が、たまたま府中刑務所にやって来ていた護送車を強奪、逃亡したことは、はっきりしている。指令室から、すでに、東京都内を走っている全パトカーに、指令が出ていた。

「府中刑務所を脱走した鹿島源太は、護送車を強奪し、現在逃亡中。係官一人が、人質になっている。問題の護送車のナンバーは８８２０。見つけた場合は、ただちに、本部に連絡せよ」

指令室は、この指示を繰り返した。

しかし、問題の護送車は、一向に発見されなかった。

その間に、十津川は、府中刑務所に向かった。

十津川には、どうしても、鹿島源太が脱走した理由が、分からなかったからである。それが分かれば、鹿島源太の行き先も分かるのではないかと、思ったのだ。

十津川が、パトカーを降りて、府中刑務所に入っていくと、所長が彼を待っていた。そこにはもう一人、鹿島源太に投げ飛ばされた看守が、頭に包帯を巻いた姿でいた。

十津川は、所長に会うなり、

「私が知りたいのは、鹿島源太が、脱走した理由なんです。あと一週間で、出所する予定だったんでしょう？　それが、どうして突然、脱走したのでしょうか？　いくら考えても、そこのところが、分からないのです。ここで、いったい、何があったんですか？」

と、きいた。何もなければ、脱走などしないと思ったのだ。

所長は、これ以上、不機嫌な顔はないという感じで、

「私にも訳が分からんのです。一週間後に、鹿島源太は、刑期を終えて、出所することになっていました。それで、出所一週間前の今日、彼を呼んで、所長の私から一週間後の出所を伝え、その時に渡すものを確認させました。ところが、そのあと突然、鹿島源太が、自分の拳銃がない、返してくれといって、怒り出したんです。そのあげく、看守を投げ飛ばし、私を殴りつけたんです。私たちが失神している間に、キャビネットにしまってあった、拳銃を奪って逃亡したんです」

十津川は、横に立っていた看守に、目を向けた。

「あなたが、鹿島源太を挑発して、怒らせたんですか？」

「いや、私は、そんなことはしませんよ。誰だって、一週間後に出所する人間に、そんなバカなことは、しないでしょう」

「しかし、誰かが挑発したり、怒らせたりしなければ、鹿島源太は、暴れたりはしない筈ですよ。何しろ、一週間後には、出所することになっていたんですから」

「ひょっとすると、君が鹿島源太を怒らせたのかもしれないぞ」

所長が看守を見て、いった。

「そんな筈は、ありませんよ」

「しかし、君が囚人に対して、乱暴な言葉遣いをするのが、私には、前から気になっていたんだ」

「所長がおっしゃるように、私は囚人に対して、乱暴な言葉遣いをしますよ。それは認めます。そうしなければ、囚人にバカにされて、ナメられてしまいます。囚人にバカにされたら最後、所内の規律が乱れてしまうのです。だから私は、いつも囚人には、あえて厳しい態度で接しているんです」

という看守を見て、十津川は、所長に、

「彼は、いつも難しい顔で、囚人に対して厳しいんですか？」

「そうですね。彼には、一つの使命感のようなものがあって、今、彼がいったように、囚人には日頃から厳しく接しておかないと、バカにされてしまう。バカにされたら最後、所内の規律が保てなくなる。彼は、そういう考えを持っているんですよ」

十津川は、鹿島源太が脱走した理由が、所長や看守の、態度や言動にあったのではないかと、まず思った。

しかし、だからといって、今日になって急に、鹿島源太は、所長や看守に接し始めたわけではないだろう。

鹿島源太は、囚人として、この刑務所で七年間を過ごしてきた。その間ずっと、同じ所長や看守に接していたのだ。所長や看守の態度に対して、今さら急に怒り出したとは考えにくい。多分、何かほかの理由があったに違いない。

「昨日か今日、この刑務所で、何かありませんでしたか？　例えば、囚人同士のケンカがあったとか、特に、鹿島源太に絡んで、ほかの囚人と激しい口論があったとか、殴り合いがあったとか、そういうことはありませんか？」

十津川が、きく。

「昨日も今日も、所内では、特に何もありませんでしたよ。ただ、鹿島源太が、一週間後に出所することになっているので、恒例で、私が彼をここに呼び出し、彼に返却すべき所持品をチェックさせただけです。彼を怒らせるようなことは、何もいっていませんよ」

「鹿島源太は、七年前に、ここに収監されたのですが、この七年間、彼の態度や言動は、どうでしたか？　持て余すようなことは、ありませんでしたか？」

「こちらに収監される前に、十津川さんから、鹿島源太の扱いについて注意をいただきましたよね。それで、一応、鹿島源太については、マークしていたんですが、特に、私や看守たちに、反抗的な態度を取るということもありませんでしたし、所内で暴れることもないし、問題になるような事件は、一度も起こしていません。ですから、私は拍子抜けでしたよ。だからこそ、鹿島源太は模範囚になり、十年の刑期を三年も短縮して、七年で出所出来るようになったと思っています」

と、所長が、いった。

これ以上、きくこともなくなって、十津川は、所長に礼を述べて刑務所を出ると、門の前に停めておいた、パトカーに乗り込んだ。

「どうでした?」

運転席で待っていた亀井刑事が、きく。

「いろいろときいてみたが、疑問は全く、解消されなかったよ。所長も看守も、鹿島源太を怒らせるようなことは、何もいっていないようだし、いう必要もなかった。それに、この刑務所に、彼は七年間も入っていたんだが、あの男は、体力があり、空手や剣道を身につけている。とてつもなく強いということを、入る前に、所長にいっておいた。だから、所長も用心して、鹿島源太に接していたらしいが、七年間、鹿島源太は大人しくしていて、模範囚になったと、所長はいっている」

「そうでしょうね。だからこそ、鹿島源太は、十年の刑期を、七年に短縮することが出来たんでしょうね。それなのに、なぜ、肝心な時に、鹿島源太は、脱走したのか分かりませんね」

「その答えが、刑務所内にあるのではないかと思ったので、来てみたんだが、結局、何も分からなかった」

十津川が、いった。

「これからどうしますか？」

亀井が、きく。

「鹿島源太が脱走に使った護送車は、見つかったのか？」

「電話で確認してみましたが、まだ見つかっていないそうです」

「まだ見つかっていないのか」

「鹿島源太の郷里は、たしか、九州の博多でしたね？」

「七年前と変わらず、博多で、母親が一人で飲み屋をやっているそうだ」

「その母親が、急に具合が悪くなって倒れたとか、病気になったとか、そういうことを耳にしたため、脱走して、母親のところに帰ったということは、ありませんかね？」

「その件も、所長に確認した」

「それで、どうでした？」

「所長によれば、博多にいる鹿島源太の母親は、別に病気でもなく、いつものように元気に飲み屋で働いているそうだ。したがって、母親が、脱走した理由じゃないんだ」

「それでも、鹿島源太は、博多へ行くでしょうか？」

「多分、行くだろう。七年前も、博多に行こうとしていたところを、東京駅で逮捕したんだ。どうせ捕まるなら、郷里に帰り、母親に会いたいと思うのが、人情だからね。だから、福岡県警には、連絡をしたし、西本と日下に行ってもらったんだ。もし、母親のところに、鹿島源太が帰ってきたら、すぐ逮捕して、連絡してくれと、福岡県警にいっておいた。だが、連絡がないから、鹿島源太は、まだ母親のところに着いていないんだ」

「そうですね。鹿島源太は、取りあえず、博多に行くでしょうね。ほかに何か目的があっての脱走としても、その前に、ひと目母親に会っておこうと、思うでしょうね」

「鹿島源太は、すでに、羽田《はねだ》から福岡に行く、国内航空に乗ったのだろうか？　それとも、羽田空港に行く途中だろうか？」

「どうしますか、羽田に行って、調べますか？」

亀井が、きく。十津川は、急に考え込んで、

「私は、彼が九州に帰るのに、飛行機は利用しないような気がしてきた」

「どうしてですか？　飛行機を使えば、福岡まで二時間くらいで着きます。新幹線だ

と、五時間くらいかかってしまいます。私なら、いちばん速い手段を使いますがね」

「飛行機か」

「もちろん、そうです」

「いや、羽田ではなくて、東京駅に行ってみよう。福岡へ行く場合でも、私は、鹿島源太が飛行機を使わずに、新幹線を使うんじゃないかと、思ったんだ」

「どうしてですか？」

「東京駅から博多まで、いちばん速いのは、『のぞみ』だろう。飛行機と違って列車なら、博多まで、途中いくつかの駅で停車するから、何かあった場合、逃げることも出来る。その点、飛行機なら、乗ったら最後、福岡まで降りることは出来ないからね。新幹線には、そうした安心感がある。鹿島源太も、多分そう考えるだろうから、九州までは、十中八九『のぞみ』で行く筈《はず》だ」

十津川が、主張した。

東京駅に着くと、構内に入る前に、近くにある地下駐車場を調べて回った。そこにもし、奪われた護送車が停めてあったら、間違いなく、鹿島源太は東京駅に来たことになる。

そして、「のぞみ」に乗って、博多に向かうだろう。

東京駅の周辺には、地下駐車場が、いくつかある。十津川と亀井は、その駐車場を、一つ一つ調べて回った。

しかし、どの駐車場にも、奪われた護送車はなかった。

列車で東京から博多まで、いちばん速く行く方法は、「のぞみ」に乗ることである。例えば、東京一〇時三〇分発の「のぞみ25号」に乗れば、博多着は一五時三九分、所要時間は、約五時間である。

「鹿島源太の所持金がいくらか、分かっていますか？」

急に亀井が、きいた。

「所長の話では、六千円だそうだ。正式に出所するなら、七年間の所内での作業の報奨金も手にしているわけだが、脱走だから、報奨金は手にしていない。だから、六千円だけだ」

「『のぞみ』に乗って博多に行くとして、六千円で切符が買えますか？」

「今、それを調べてみた。『のぞみ』に乗れば、運賃が博多まで一万三千四百四十円で、いちばん安い自由席に乗ったとすると、自由席の特急料金は七千七百七十円だから、合計二万一千二百十円になる。新幹線『のぞみ』が無理だとすると、東海道本線を利用することになる。東海道本線を使った場合、どこまで行けるかを調べると、六千円では名古屋《なごや》の手前までで、残る金額は、わずかに二百二十円だ。東海道本線の普通列車を使っても、六千円では博多までは、どうやっても無理だ」

「あとは、東京周辺にいる友人か、付き合った女に、金を借りるという手もありますが、七年間も刑務所に入っていた男に、そんなことを頼める、親しい友人がいるのでしょうか？」

「鹿島源太は、まだ三十八歳だ。それに、体力もあり、空手や剣道をやっていたので、普通の男よりもはるかに強い。そんな鹿島源太を尊敬している男もいれば、彼に惚《ほ》れている女もいるだろう。七年前、彼を逮捕した時点でだが、そういう人間がいたことは間違いないんだ。そういう男や女がいれば、九州までの運賃くらい、借りることが出来る筈だ」

「それは、今から七年前の話でしょう？」

「ああ、そうだ」

「はたして、今でもつながりがあるでしょうか？」

「その辺のことも、府中刑務所の所長にきいてみたんだ。鹿島源太が服役していた今までの七年間、弁護士以外にも、一年に二、三人の男や女が、面会に来ていたといっている。したがって、そういう人間とは、まだつながりがあると見て、いいんじゃないかね」

「七年の間に、面会に来ている人間がいるとすれば、その人間から金を借りればいいんですからね」

「私は、鹿島源太が脱走したときいたので、七年前、彼を逮捕した時の調書に、もう一度、目を通してみた。そこに、男女一人ずつの名前が載っていて、この男女が、鹿島源太とつながっていたんだ。男の名前は、田所文雄《たどころふみお》だ。五十歳。いわゆる情報屋だが、この田所は、鹿島源太のことを、尊敬しているんだよ。多分、今でも、鹿島源太が頼めば、田所はどんな情報でも手に入れて、鹿島に伝える筈だ。金だって、鹿島が望めば、何とかして作るだろう。女のほうは天野清美《あまのきよみ》といって、七年前には二十八歳で、六本木《ろっぽんぎ》のクラブKで働いていたが、今は三十五歳になっている筈だ。今も六本木で、ホステスとして働いているかどうかは分からないな」

「その二人について、至急、調べてみようじゃありませんか。今どこで、何をしているか」

と、亀井が、いった。

天野清美が働いていた六本木のクラブKは、まだ閉まっている時間である。そこで、十津川は、田所文雄に、電話をかけてみることにした。

　こちらは、七年経った今も、警察に頼まれると、いろいろな情報を集めて報告する一方、警察の動向について、暴力団や自分の親しい仲間たちに、知らせている筈である。いわば二重スパイだが、警察はそれを知っていて、今も田所文雄を、情報屋として使っている筈である。

　田所が、電話に出た。

「捜査一課の十津川だが、鹿島源太が、今日、府中刑務所から、脱走したことは知っているか？」

　十津川がきく。

「もちろん、知っていますよ。大騒ぎになっていますからね。でも、おかしいじゃないですか？　彼は、あと一週間で出所の筈だったんでしょう？　それが、どうして、脱走なんかしたんですか？　警察は、理由が分かっているんですか？」

「いや、鹿島源太が、どうして、急に暴れて逃げたのか、私にも分からないんだ。だが、それはそうとして、鹿島源太が、何かやらかさないうちに、逮捕したいんだよ。さもないと、さらに長い間、ムショ暮らしになってしまうからね。鹿島源太が行きそうなところは、知らないか？」

「昔、彼は、天野清美という女と付き合ってましたよ。彼女に、連絡してみたらどうですか？　何か知っているかもしれませんよ」

「天野清美の名前は、分かっているんだ。六本木のクラブKで働いていたホステスだろう？　この時間では、まだ店は開いていない。だから、君に、先に電話をしたんだ」

「私も、彼が府中刑務所を脱走したと知って、ビックリしている最中です。彼と付き合っていたのは、何しろ七年も前ですからね。天野清美はまだ、クラブKで働いていると思いますが、現在、彼がどんな男や女とつながっているのか、何も知りませんよ」

「君は情報屋だろう。だから頼んでるんだ。今、鹿島が行きそうな場所や、助けを求めることの出来そうな人間の名前と住所、連絡先を至急、調べてくれ。モタモタしていると、鹿島源太が、また罪を犯すことになりかねない。そうはさせたくないんだ。根は悪くないヤツだったからな」

十津川が、いうと、

「分かりました。大至急、調べてみましょう。何か分かったら、十津川さんに、すぐ電話しますよ」

と、田所が、いった。

しかし、そのあと、田所からの連絡は、一向になかった。

5

午後六時になっても、田所文雄からは、何の連絡もなかった。その代わり、そろそろ六本木のクラブKが、開く時間である。

その時、十津川の携帯が鳴った。

(田所からの連絡か?)

と、思いながら、電話に出ると、本多一課長からだった。

「君は、鹿島源太の行方を探すために、情報屋の田所文雄を使っているんじゃないのか?」

と、本多が、いう。

「その通りです。田所と連絡が取れたので、鹿島源太を探すのを手伝えと、いったばかりです。鹿島の居どころがつかめたら、私の携帯に連絡をしてくることになっているのですが、まだ何の連絡もありません」

「田所文雄からは、永久に連絡は入らないよ」

「永久に連絡は入らないって、どういうことですか？」

「死んだよ」

「死んだって、田所が死んだんですか？」

「ああ、そうだ」

「田所は、いったい、どこで死んでいたのですか？」

十津川が、きいた。

「井《い》の頭《かしら》公園だ」

「私も亀井刑事と一緒に、これから大至急、井の頭公園に向かいます」

パトカーを飛ばして、十津川と亀井は、井の頭公園に急いだ。

井の頭公園内の池のそばに、人垣が出来ている。その人垣を、街灯が照らしている。その人の輪の中から、顔見知りの警官が、十津川の顔を見つけて、こちらにやってきた。

「そこで、田所文雄が殺されているのか？」

「そうです。発見された時、死体は池に浮かんでいたそうで、今、引き揚げられています」

十津川たちは、人垣の中に入っていった。そこに、田所文雄が、仰向《あおむ》けに倒れてい着ているものは、どれも濡《ぬ》れていた。

死因は、十津川にもすぐに分かった。腹の辺りを刺されていて、そこから出た血が、まだ完全には乾いていなかった。おそらく、それが致命傷だろう。

情報屋の田所文雄の口が、もう何も話さない。情報屋としては、もう何の役にも立たないのだ。

そう思うと、十津川は、焦りを感じてきた。あとは、誰にきいたら、鹿島源太の行方が分かるのか？

十津川と亀井は、その場を離れ、パトカーで六本木に向かった。

十津川は、クラブKの店内に入っていった。

まだ七時を過ぎたばかりなので、客の姿はまばらだった。

十津川は、ママに向かって、

「天野清美さんは、まだこの店で働いていますか？」

「ええ、まだいますよ」

「それじゃあ、すぐに会わせてもらえませんか？」

「それが、ダメなんです」

「どうしてですか？」

「開店の前まではいたんですけど、急に用事が出来たので、今日は休ませてくださいといって、帰りましたよ」

「誰かに会いに行くと、いっていませんでしたか？」

「そういうことは、いっていませんでした。ただ、十万円貸してくださいと、いわれましたけど」

「それで、彼女に、十万円を渡したんですか？」

「ええ、渡しましたよ。多分、誰か男に、十万円を貸してくれと、頼まれたんじゃないかしら」

と、ママが、いう。

(その相手は、おそらく、鹿島源太に違いない)

と、十津川は、思った。

鹿島源太には「のぞみ」に乗って、故郷の博多に行くだけの金がない。今持っている六千円では、せいぜい名古屋の手前までしか行けないのだ。

だから、天野清美に頼んで、十万円を店のママから借りてもらったのか？

そうだと、思った。鹿島源太が、天野清美に、金を貸してくれと頼んだのだ。ママから借りた十万円を、天野清美は、どこかで落ち合って、鹿島源太に渡すつもりだろう。その場所が分かれば、脱走した鹿島源太を、逮捕することが出来る。

天野清美は、いったいどこで、鹿島源太と落ち合うつもりなのだろうか？

十津川は、ママから天野清美の住所を聞き、その住所が、この近くではなく、中野《なかの》だったので、三田村《みたむら》と北条早苗《ほうじようさなえ》刑事の二人を、すぐ行かせることにした。

鹿島源太は、今、いったい、どこにいるのだろうか？

井の頭公園で発見された田所文雄の遺体は、司法解剖のために、大学病院に送られた。

だが、司法解剖の結果から、犯人が明らかになり、そこから鹿島源太に辿《たど》りつけるのか、あまり期待出来ないと思った。

上野《うえの》公園の不忍池《しのばずのいけ》のそばで、鹿島源太が逃走に使った護送車が、ようやく発見された。しかし、もちろん、鹿島源太の姿はどこにもなかった。

その護送車を運転させられた係官は、縛られて、リアシートに転がされて見つかった。

不忍池のそばで護送車を降りた鹿島源太は、その後、いったい、どこに行ったのか？

十津川は、護送車を運転していた、係官を訊問《じんもん》した。若い係官である。形としては、鹿島源太に捕まっていたのを、助けられたのだが、十津川が会った時には、まだ興奮していた。

右の目の下が、赤く腫《は》れている。

「殴られたのか？」

と、十津川が、きいた。

「やられました」

「あの男は、めったに殴ったりしないんだが、何かやったのか？」

「ここまで来てから、ヤツの油断を見すまして、組みついたんです。柔道の心得があったので」

「無茶だな」

「捕まえるつもりが、ボコボコにやられました」

「君が護送車を運転している時、あの男は、どこにいたんだ？」

「リアシートです」

「それでは、二人で話をしたんじゃないのか？」

「はい。話をしました」

「あの男は、君と、どんな話をしたんだ？」

「母親の話をしてました。母親がいるのかときかれたんで、健在だと答えたら、母親は大事にしろよ。親孝行をしたくても、出来なくなることがあるんだぞと、お説教されました。それで、母は丈夫で医者に行ったこともないといったら、怒られました」

「何といって、あの男は、怒ったんだ？」

「母が丈夫でも、親孝行が出来なくなる時があるから、気をつけろとです」

「あの男は、これからどこへ行くか、いってなかったか？」

「行き先は、いっていませんが、九州の博多へ行くのには、どうしたらいいか。新幹線を使うと、何時間ぐらいかかるのかときくので、携帯を使って調べてやりました」

「具体的に、どんなことを、教えたんだ？」

「東京駅からなら、博多行きの『のぞみ』が一時間に二本くらい出ていて、それを使えば、五時間くらいで、博多に着く、と教えました」

と、係官が、いう。ここまでは、十津川の想像と一致していた。

「しかし——」

と、十津川は、係官を見た。

「なぜ、東京駅じゃなくて、上野の不忍池にやって来たんだ？」

「分かりません。ここへ行けといったのは、彼なんです」

（天野清美と、ここで会うつもりだったのか？）

「車の中で、あの男は、ここに来る理由をいってなかったかね？」

「さあ」

と、係官は、考えてから、

「そういえば、『東京の空』という東京名物は、今も売ってるか、ききました。たしか、この近くで売ってるんじゃありませんか」

「分かった。君はすぐ、病院へ行って、診てもらえ。あの男に殴られて、死にかけた男がいるからな」

と、十津川は、脅かした。

6

不忍池近くに、江戸《えど》時代から続く、名菓店があった。

そこで売っている「東京の空」という和菓子は、東京名物の一つになっている。

十津川は、亀井と、その店を探して回り、見つけると、ここに鹿島源太が来なかったかどうか、きいてみた。

十津川が、鹿島の顔立ちや服装を説明すると、店にいた女性の一人が、

「そういう方なら、たしかお見えになって、一箱千八百円のものを、お買いになりました」

「何時頃ですか？」

「五時頃だと思います」

「その時、何かいっていませんでしたか？」

十津川がきくと、相手は、急に笑って、

「そのお客さん、突然、十日間もちますかってきくんですよ。びっくりしましたよ。和菓子、もち菓子で、あんこ入りですよ。十日も、もつ筈《はず》がないじゃありませんか。だから、明日中にお食べくださいって、申し上げたんです」

「そうしたら？」

「お客さんも、笑い出して、明日いっぱい、もてばいいんですと、おっしゃっていました」

「そのあとは？」

「店の前でタクシーを拾って、乗っていかれました」

「何というタクシーか、覚えていますか？」

「たしか、新みやこタクシーだと思いますけど」

と、教えてくれた。

十津川と、亀井は、店の前で、新みやこのタクシーを待って乗り込み、東京駅八重《やえ》洲《す》口にある営業所へ、行ってもらった。

そこで、今日の午後五時頃、上野不忍池近くの、「東京の空」という名物菓子の店の前で、背の高い男を乗せた運転手を探してくれるように、頼んだ。

営業所では、無線を使って、営業中の運転手に当たってくれて、高木《たかぎ》という運転手を呼んでくれた。

小柄な高木運転手は、十津川の質問に答えて、こういった。

「たしかに、午後五時頃、『東京の空』を売っている店の前から、背の高い男の客を乗せました。東京駅の新幹線口までです。着いたのは、五時二〇分頃でした。あのお客さまが、東京駅に入って行くのは、見ています」

これで、少しは、鹿島源太の行動が、分かったと思った。

鹿島は、上野不忍池近くで、母へのお土産を買い、東京駅に五時二〇分頃に着いた。駅の構内の公衆電話を使って、六本木のクラブKで働く天野清美に連絡し、十万円を、持って来てもらった。
その金で、博多までの新幹線の切符を買った。
その時間は、おそらく、午後七時近くだろう。
そのあとの、博多行きの「のぞみ」の時刻表を調べてみた。
その時刻ぐらいに東京駅を発車して博多まで行く「のぞみ」は、一本しかなかった。
一八時五〇分（午後六時五〇分）の「のぞみ59号」である。
これに乗ると、二三時五六分に、博多に着く。
このあとも、列車はないわけではない。ただ、博多まで、行かないのである。
「のぞみ255号」東京一九時〇〇分発、新大阪二一時三三分着
「のぞみ125号」東京一九時一〇分発、広島二三時一五分着
「のぞみ257号」東京一九時二〇分発、新大阪二一時五三分着
「のぞみ127号」東京一九時三〇分発、岡山二二時五九分着
「のぞみ129号」東京一九時五〇分発、広島二三時五四分着
「のぞみ259号」東京二〇時〇〇分発、新大阪二二時三三分着
「のぞみ131号」東京二〇時一〇分発、岡山二三時三五分着

「のぞみ261号」　東京二〇時二〇分発、新大阪二二時五三分着
「のぞみ133号」　東京二〇時三〇分発、岡山二三時五七分着
「のぞみ135号」　東京二〇時五〇分発、姫路《ひめじ》二三時五四分着
「のぞみ263号」　東京二一時〇〇分発、新大阪二三時三三分着
「のぞみ265号」　東京二一時二〇分発、新大阪二三時四五分着

このあとも、名古屋まで行く「ひかり」が二本あった。

最初、博多まで行く「のぞみ」が一本しかないので、これに鹿島源太が乗っていれば、逮捕は簡単だと思ったのだが、このあとも、途中まで行く「のぞみ」が、こんなにもあると知って、愕然《がくぜん》とした。

鹿島源太は、当然、用心深く行動するだろう。そう考えれば、むしろ、最終の博多行き「のぞみ」に乗る確率の方が、低いのである。

別の「のぞみ」で、広島、岡山、新大阪などのどこかまで行き、そこで一泊して、翌日の新幹線に乗るかもしれないし、広島で降りて、そのあとタクシーを拾って、今夜中に、博多へ向かう可能性もあるのだ。

鹿島は、どの方法、どのルートを使うつもりだろうか？

第二章　疑惑の中で

1

十津川は亀井と東京駅に向かった。

二人は東京駅に着くと、駅長に案内してもらって、総合警備室に入った。そこには、駅構内の何ヵ所かに設置された、監視カメラの映像が、全て映っている。

現在、午後八時三〇分。脱走した鹿島源太は、上野の不忍池から直接、ここ東京駅に向かって、午後五時二〇分頃に、着いている。

十津川は、警備室の担当者に向かって、

「十六番線ホームの監視カメラの映像で、今日の分が録画してあれば、それを見せていただけませんか？」

担当者がすぐ、今日十六番線ホームの監視カメラが撮影した映像を、再生して見せてくれた。

十六番線ホームの夕方からの映像が、モニターに映っていく。

それを熱心に見ていた十津川が、突然、

「止めて！」

と、叫んだ。

画面が静止する。

ホームには、かなりの数の乗客がいる。

十津川は、そこに映っているカップルを、指で示した。

男のほうは、黒っぽいコートを着て襟を立て、さらに、ねずみ色のハンチングを深くかぶっているので、顔はよく見えない。

それに比べて、女のほうは、公然と顔を上げ、周囲を見回している。

「警部、この女は、天野清美じゃありませんか？」

亀井が、叫ぶ感じで、いった。

「そうだよ。間違いなく、天野清美だ」

「それじゃあ、男は鹿島源太ですか？」

「はっきり顔が映っていないが、おそらく、そうだろう」

「この映像が、録画された時間は分かりますか？」

亀井が、担当者にきいた。

「その右下に、録画した時刻が表示されていますよ」

と、担当者が指で差しながらいい、そこに目をやると、一八時三一分になっていた。

十津川は、ポケットから、小型判の時刻表を取り出した。

東海道新幹線の下りのページを開く。

一八時五〇分、東京駅発の「のぞみ」があった。この列車は十六番ホームからの出発で、入線時刻は一八時三三分。静止している画面の時刻は、一八時三一分だから、時間的には、ぴったり合っている。

鹿島源太と思われる男と天野清美の二人は、十六番線ホームに行ったことを考えて、東京駅一八時五〇分発の「のぞみ59号」に、乗ったものと見ていいだろう。

十津川は、「のぞみ59号」の時刻表を見ていった。

品川《しながわ》着　一八時五六分
新横浜《よこはま》着　一九時〇八分
名古屋着　二〇時三一分
京都着　二一時〇八分

新大阪着　二一時二三分
新神戸《こうべ》着　二一時三八分
岡山着　二二時一二分

広島、徳山《とくやま》、小倉《こくら》を経て、終点の博多着は、二三時五六分である。

十津川は、改めて、腕時計に目をやった。

午後九時三〇分。「のぞみ59号」の新神戸発が二一時三九分だから、まもなく新神戸を出る。とすれば、次は、岡山ということになる。

岡山着は二二時一二分。これなら間に合う。

十津川はすぐ、三上《みかみ》刑事部長に、電話をかけた。

「逃亡した鹿島源太は、天野清美と一緒に、東京発一八時五〇分の博多行き『のぞみ59号』に、乗ったものと思われます。この『のぞみ59号』は、二二時一二分に岡山に着きます。それで、岡山県警に、逮捕の要請をしていただきたいのです」

「その情報は、間違いないのか？」

と、三上がきく。

十津川は、今、東京駅の構内を撮影した、監視カメラの映像をチェックしたことを、三上に、告げた。

「今日の一八時三一分、十六番線のホームに、天野清美がいたことは、間違いありません。駅の監視カメラの映像で、しっかりと確認しました。彼女と一緒に男がいたのですが、顔を伏せていたので、人相は分かりません。しかし、背恰好《せかっこう》から考えて、鹿島源太ではないかと思われます。その十九分後に、博多行きの『のぞみ59号』が、十六番線ホームから発車していますから、二人はこの列車に乗り込んだ可能性が、高いと思うのです」

「分かった。すぐ、岡山県警に連絡しておこう。一緒に、鹿島源太と天野清美の写真も送っておく」

と、三上がいった。

十津川は、問題の画面を、何枚かプリントしてもらってから、東京駅を後にした。

2

東海道・山陽新幹線の下りホームに、岡山県警の三十二人の刑事が集まっていた。指揮を執っているのは、岡山県警捜査一課長の原田《はらだ》警部である。

三十二人の刑事たちは、全員が、コピーされた鹿島源太と天野清美の顔写真を持っていた。

原田は、大声で、目の前の刑事たちに、指示を与えた。

「あと十分足らずで、博多行きの『のぞみ59号』が到着する。十六両編成の列車だ。この『のぞみ59号』に、脱走犯の鹿島源太と、天野清美が乗っている可能性がある。ただし、二人が、どの車両に乗っているかは分からない。『のぞみ59号』が到着したら、一号車から十六号車まで、一車両に二人ずつ乗ってもらう。なぜ、そうするのか？　二二時一三分に発車する『のぞみ59号』は、三十六分後に、広島に着いてしまうからだ。その間に、二人を見つけることが出来ないと、広島で降りられてしまうかもしれないので、君たちを二人ずつ、各車両に配置することにした。だから、君たちは、広島に着くまでの間に、担当する車両を徹底的に調べて、その車両に鹿島源太が乗っていたら、ただちに逮捕するんだ。逮捕したらすぐ、私の携帯に連絡してほしい。私は、真ん中の八号車にいる。それではすぐ、二人ずつ、各車両の停まる場所に行ってくれ」

3

長いホームに、三十二人の刑事が散らばっていった。

一号車の停止位置から十六号車の停止位置まで、二人ずつである。

原田は、八号車の数字の前に立った。

東京発博多行きの「のぞみ59号」が、スピードを落としながら、ホームに入ってきた。

二三時一二分、停車した「のぞみ59号」に、三十二人の刑事たちが乗り込んでいった。そのまま、列車は発車する。

十六両編成の「のぞみ59号」の、各車両に乗り込んだ二人ずつの刑事は、一斉に各車両の通路を往復しながら、鹿島源太と天野清美を探した。

八号車に乗り込んだ原田は、部下の刑事たちの連絡を待った。

五分、六分と時間が経っていくが、分散して各車両に乗り込んだ刑事たちからは、何の連絡もない。

原田は、三十二人の刑事に対して、鹿島源太を逮捕した場合は、すぐに携帯を使って連絡をするようにと、伝えておいた。

しかし、十分経っても、刑事からの連絡はなかった。

連絡がないということは、二人が見つからないということになるだろう。

連絡のないままに、「のぞみ59号」は、広島に着いた。

原田は、半分の刑事を、八号車に呼び集めて、

「問題の二人は、どの車両にもいなかったんだな？」

「見つかりませんでした」

と、簡単にいう刑事もいれば、

「通路を何往復もしたのですが、自分が調べた車両には、鹿島も天野もいませんでした」

という刑事も、いた。

「トイレも調べたのか？」

と、原田がきく。

「もちろん調べましたが、閉まっているトイレについては、同僚が今、監視に当たっています」

と、刑事の一人が、答えた。

広島では、乗客は一人も降りなかった。

二三時五〇分、広島を発車。

原田は、県警本部に連絡を取った。

「『のぞみ59号』の各車両を、徹底的に調べましたが、鹿島源太も天野清美も乗っておりませんでした。どうやら二人は、この列車には乗っていないようです」

と、報告した。

県警本部からすぐ、東京の警視庁に連絡が行くだろう。

4

東京の捜査本部で、十津川は、その報告を受けた。

十津川は、黒板に目をやった。

黒板には「のぞみ59号」の、東京から博多までの停車駅と、それぞれの到着時刻が書かれている。

「鹿島源太と天野清美が、東京発一八時五〇分の『のぞみ59号』に乗ったことは、まず間違いない」

と、黒板を見ながら、十津川が、強い口調でいった。

「ただ、途中から、警察が乗り込んでくることを予期して、途中で『のぞみ59号』を降り、ほかの方法、例えば、新大阪で降りて、タクシーに乗ったのかもしれない」

「それでも、警部は、鹿島源太が、博多へ行こうとしていることは間違いないと、思われますか？」

と、亀井がきいた。

「ああ、そうだ。それは間違いないと思っている。彼が、博多以外のところに行くとは思えないんだ」

十津川が、いった。

その後で、十津川は、鹿島源太の郷里である博多へ行かせた、西本と日下の二人に、連絡を取った。

「今、どこにいる？」

「福岡市内です。鹿島源太の母親は一人で、小さなバーをやっています。さっき見てきましたが、鹿島源太が来ている気配は、ありませんでした」

と、西本がいった。

「その鹿島源太と、天野清美の二人は、東京発一八時五〇分の『のぞみ59号』に乗ったらしい。その直前、東京駅の十六番ホームの監視カメラに、二人と思われる男女が映っていたんだ」

「警部、ちょっと待ってください。『のぞみ59号』が博多に着くのは、時刻表によると、二三時五六分ですから、そうなると、鹿島源太も天野清美も、時間的には、まだ列車内にいることになりますね？」

「その通りだ。そう思って、岡山県警に要請して、『のぞみ59号』が岡山に着いた時点で、刑事に乗り込んで調べてもらった。しかし、いくら探しても、二人とも乗っていなかったというんだよ。だから、途中で降りてしまったことになる」

「それでは、博多に行くことを断念したんでしょうか？」

「いや、私は、鹿島源太と天野清美は、間違いなく、鹿島の母親のいる博多に、向かっていると思っている。ほかに行くところはなさそうに思えるし、東京でパトカーを奪い取った時、乗っていた警官に、しきりに母親のことを話していたようだからね」

「『のぞみ59号』にずっと乗っていれば、二三時五六分、午後一一時五六分に、博多に着きます。途中で降りて、ほかの方法で博多に向かっているとすれば、こちらに着くのは、かなり遅くなるんじゃありませんか？」

と、西本がいった。

「間違いなく、遅れるだろうね。だから、鹿島源太が、何時に博多に着くかは分からないが、今日はずっと、彼の母親がやっているバーを見張っていてくれ」

と、十津川がいった。

5

西本と日下は、今夜は博多泊まりと考えて、まずホテルにチェックインした後、また、福岡市内の、鹿島源太の母親がやっているバーに向かった。

バーというよりも、飲み屋といったほうがいいかもしれない。小さな店で、鹿島源太の小柄な母親は、和服姿で客の相手をしている。

年齢は六十歳くらいだろうが、小柄なせいで、若く見える。

二人はビールを頼んでから、カウンター越しに、文江《ふみえ》に話しかけた。

「息子さんが、今日、府中刑務所を脱走したことは、もうご存じですね？」

と、西本がきいた。

文江が、黙って頷《うなず》く。

「今日、息子さんか、その連れの女性から、連絡がありませんでしたか？」

日下が、カウンターにある古い電話機を見ながら、きいた。

「息子さんは、あと一週間で、正式に釈放されることになっていたんですよ。それなのに、突然暴れ出して、逃走してしまいました。なぜ、そんなことをしたのか、お母さんには、分かりますか？」

日下がきく。

「いいえ、分かりません」

文江が、短く答える。

「現在、息子さんは、天野清美という女性と一緒にいると思われるのですが、彼女に会ったことはありますか？」

「いいえ、その女性には、お会いしたことはありませんけど」

その時、カウンターの隅に置かれた電話が鳴った。

文江が、受話器を取る。

二人の刑事は、カウンターの反対側の隅で、ビールを飲みながら、文江の受け答えに注目した。

「私には分からないよ。どうして、あんなことをしたの？　あと一週間我慢すれば、刑期が済んで、ちゃんと刑務所を出られたんでしょう？　それなのに、どうして？

私には、分かりませんよ」

文江が、電話口に向かって、しきりに、そんなことをしゃべっている。

(相手は、鹿島源太だな)

と、西本も日下も思った。

日下は、電話のところまで歩いていくと、小声で、文江に、

「受話器を渡してください」

と、いった。

受話器を受け取って、日下が、

「もしもし」

と、呼びかけた途端に、相手は電話を切ってしまった。

西本は、文江の顔を見た。

「電話をかけてきたのは、息子さんだったんですね？」

と、きくと、文江は、黙って頷いた。

「息子さんは、今どこにいて、誰と一緒なのかを、あなたに話しましたか？」

日下がきいたが、文江は何もいわずに黙っている。

「電話で息子さんは、どんなことをいっていたか、正直に話してください」

と、日下がいった。

文江は、それでも黙って、下を向いていたが、急に顔を上げると、

「博多まで行こうとしたが、刑事たちに追われそうだったので、途中で降りた。今どこにいるのか、いえない。また後で電話をかける。息子は、そういったんです」

しかし、西本にも日下にも、文江が、本当のことを話しているとは、どうしても思えなかった。

「正直に話してくれませんか？　これ以上、逃亡を続けていると、息子さんは、もっとまずい立場になってしまいますよ」

と、日下がいい、横から西本が、

「今の電話でどんな話をしたのか、正直にいってもらえませんか？」

「息子は、ほとんど何もいいませんでした。列車に乗って博多に行くつもりだったが、途中で降りてしまった。今どこにいるか、いえない。話したのは、それぐらいのことです」

と、文江がいう。

「あなたの息子さんは、府中刑務所から脱走する時、拳銃《けんじゅう》を奪って逃げているんですよ。その拳銃には、弾丸が入っています。このまま逃亡を続けていると、どこかで拳

銃を使って、人を殺してしまうかもしれません。われわれとしては、息子さんがそんなことをしないうちに、何とか逮捕したいのですよ」

西本は、何とか説得して、鹿島源太の逮捕に協力させようとするのだが、母親は黙ったままである。

「この博多で、息子さんの肉親というと、お母さんだけですね？」

日下がきいた。

「ええ」

とだけ、文江が答える。

その時、入り口のドアを開けて、三十代に見える男が一人で、店に入ってきた。

鹿島源太が入ってきたのかと思って、二人の刑事は、一瞬、身構えたが、源太ではなかった。

男は、カウンターに腰を下ろすと、

「いつものビール。いや、今日は、最初から焼酎《しょうちゅう》を飲みたいな」

と、いった。

文江が焼酎のお湯割りを男の前に置くと、男が、

「息子さんのことなんだけどね」

と、小声でいった。

文江は、チラッと、西本たちに目をやってから、

「こちら、刑事さん」

と、男にいった。

男がバツの悪そうな顔をして、こちらを見る。

西本と日下は、男のそばに寄っていった。

「鹿島源太さんのお友だちですか？」

西本がきいた。

「高校時代の同級生ですが、最近は付き合っていませんよ」

と、男がいう。

「お名前を教えていただけませんか？」

「小林良介《こばやしりようすけ》です」

「今日、鹿島源太が、東京の府中刑務所から脱走したことは、知っていますね？」

「ええ、テレビで見ました。どうして、あんなバカなことをしたのか」

と、小林がいう。

「今日、あなたに電話をしてきたんじゃありませんか？　あるいは、もう、この博多

の町のどこかで会って、こちらに伝言を頼まれたんじゃありませんか？」

矢継ぎ早に、日下がきく。

小林が黙っていると、西本が、

「正直に話してほしいのですよ。お友だちの鹿島源太のためにです。さっき、お母さんの文江さんにも話したんですが、鹿島源太は、府中刑務所を逃亡する時、拳銃を奪いましてね。その拳銃には、弾丸が入っているんです。われわれとしては、その拳銃を鹿島源太が使わないうちに、逮捕したいのです。もし、その拳銃を使って、人を殺しでもしたら、鹿島源太の人生は終わってしまいますからね」

と、いった。

「困ったな。僕は、この店の常連なんですよ。いつも、ここに飲みに来ているんです。今日も、一杯飲みたいなと思ったから来ただけなんで、別に、源太の伝言を持ってきたわけじゃありません」

小林はそういって、焼酎のお湯割りを口に運んだ。

しかし、焼酎のお湯割りを一杯だけ飲んで、小林という男は、

「ごちそうさま」

と、逃げるようにして、店を出ていってしまった。

すかさず、日下がその跡を追った。

すでに〇時を過ぎているが、この辺りは盛り場なので、賑《にぎ》やかである。

小林は、人ごみの中をゆっくりと歩いていく。尾行する日下も、同じ歩調で歩く。

人通りの少なくなった裏通りに、八階建てのマンションがあって、小林はそこに入っていった。

間を置いて、日下も、そのマンションに入った。

一階に管理人室がある。幸い、管理人は在室していた。そこで、小林という男について訊いてみた。

「小林良介さんなら、もう三年ぐらい、このマンションにお住みですよ。勤め先ですか？　ここから車で二、三十分のところにある、工業用の機械を造っている会社だと聞いています」

と、管理人が、教えてくれた。

「このマンションの何階に住んでいるんですか？」

「五階の五〇一号室です」

「結婚はしているんでしょうね」

「いや、お一人ですよ。でも、付き合っている女性は、いるんじゃありませんか？

時々、若い女性の方が見えていますから」

6

博多にいる西本と日下の二人から、十津川に連絡が入り、さらに、一枚の写真が送られてきた。

鹿島源太の母親、文江が博多でやっているバーの写真である。西本が、彼女に話を聞いている間に、日下が店の中を撮影した写真である。

西本が、電話で説明した。

「夜半近くに、日下刑事と、福岡市内にある、鹿島源太の母親がやっているバーに行ってきました。息子の源太と思われる人物から、電話があったのですが、母親は、息子の所在は知らないと、否定しました。しかし、店の写真をよく見てください。カウンターの中に彼女が写っていますが、その後ろに白っぽい箱が見えるでしょう？　それは不忍池の菓子店で売っている、『東京の空』という東京名物の菓子なんですよ。大きさから見て、千八百円のものだと思われます」

「たしかに『東京の空』という名前が読める。脱走した直後に、鹿島源太が上野の不忍池に寄って買った、千八百円の菓子折りと全く同じだ」

「警部は、どう思われますか？」

「どうって？」

「東京名物の菓子折りを、母親が、どうやって手に入れたかです」

「鹿島源太が今日、自分で持っていって、母親に手渡したのかもしれない。あるいは、母親がその菓子が好きで、電話注文して取り寄せたか、そのどちらかだろうね」

「母親の店の常連客にきいたところ、今まで店で、この菓子を見たことは一度もないと、いっていました。それを考えると、この菓子折りは、母親自らが、電話注文をして取り寄せたということは、ないのではないかと思います」

と、西本がいった。

「私も、君のいう通りだと思うが、だとすれば、鹿島源太本人が、買った菓子を持っていって、母親に渡したことになる」

「私もそう思うのですが、母親は否定しています」

「母親としては、否定するだろうね。息子が、警察に捕まってほしくないだろうからね」

十津川は、その写真を亀井に渡して、

「カメさんは、どう思う？」

と、きいた。

「そうですね、脱走した鹿島源太が、天野清美と一緒に博多に行ったことは、まず間違いないと思います。何時頃、向こうに着いたのかは分かりませんが、その時、母親に東京のお土産として、この『東京の空』というお菓子を、渡したのだと思います」

「しかし、鹿島源太と天野清美は、東海道新幹線の『のぞみ59号』に乗ったと思われているが、岡山で県警の刑事が、車内を捜索した時には、どこにも見当たらなかったんだ」

「そうですが、二人は用心して、途中の駅で、『のぞみ59号』から降りたに違いありません。警部も、二人は用心して、博多に行くだろうといわれたじゃありませんか？」

「たしかに、それは初めから予期されていた。もしかしたら、二人は品川ですぐ、『のぞみ59号』を降りたのかもしれない。そこからは、羽田はすぐだから、空路で、博多に行ったのかもしれない。今日、鹿島源太と天野清美は、博多か、あるいは博多の周辺で夜を過ごしているとも、考えられる」

「鹿島源太は、母親の文江に、電話連絡をしているんじゃありませんか？　母親のほうは、刑事が二人、店に訪ねてきたことを、話していると思いますよ」

と、亀井がいった。

「そこまでは、私の見方も、カメさんと同じだ。問題は、鹿島源太が、明日から何をするのかということだ。何か目的があるからこそ、彼は、府中刑務所を脱走したんだろうが、それが分からない」

十津川が、いった。

亀井が黙っているので、十津川が、言葉を続けた。

「西本たちが、鹿島源太の母親がやっている、飲み屋に行ったところ、母親は、いたって元気だったといっている。病気でもないし、危篤でもない。だとすると、鹿島源太が、どうして、東京の府中刑務所を脱走したのかが、分からなくなってくる。何しろ、あと一週間で無事、刑期を終えて釈放されるところだったんだからね。母親が危篤だとか、明日をも知れぬ命とでもいうのなら、一週間が待てずに脱走して、母親に会いに行ったというのも納得出来るが、その母親は元気で、自分の店で、いつものように働いている。こうなると、鹿島源太が脱走した理由が、分からなくなってくる」

「私も、鹿島源太がなぜ刑務所を脱走したのか、その理由を、私なりにいろいろと考えてみました」

と、亀井がいう。

「それで、カメさんは、どんな理由を考えたんだ？」

「最初に考えたのは、刑務所内の暴力です」

「刑務所内の暴力というと？」

「例えば、看守の中に乱暴な男がいて、その看守に、毎日のように暴力を振るわれていた。それが我慢出来なくなって、脱走したのではないかということです」

「しかし、前にもいったように、看守は、鹿島源太には手を出さなかったそうだ。何しろ、鹿島源太という男は、あの通りのたくましい体格で、ボクシングとか空手の経験があるからね。看守がヘタに殴ったりしたら、逆にやられてしまう筈《はず》だ。それで、鹿島源太にだけは手を出さなかったと、所長はいっていた」

「そうなると、看守のせいで、脱走したということは考えられませんね」

「そうなんだ。だから、鹿島源太が府中刑務所を脱走したのは、別の理由からということになってくる」

「彼は、七年前に殺人容疑で逮捕されていますが、その頃、好きな女性がいたんでしょうか？」

「いたかもしれないが、七年の間に、天野清美以外、若い女性が鹿島源太に面会に来たことは、一度もないんだ。こちらが調べたところでは、七年間に、面会人はわずか三人だけだ。母親が三回と、弁護士が七回、それと天野清美が、面会に行っている。高田《たかだ》という五十四歳の弁護士が、七年前に、鹿島源太が起訴された時から、弁護に当たっている」

「夜が明けたら、早速、その高田という弁護士に会って、話をきいてみたいですね」

と、亀井がいった。

7

翌日、十津川は亀井と、四谷《よつや》三丁目にある、高田弁護士の法律事務所を訪ねた。

会うと、高田はいきなり、

「私はね、どうにも腹が立って仕方がないんですよ」

と、いった。

「鹿島源太に対してですか？」

「もちろん、そうですよ。あと、わずか一週間我慢していれば、刑期を終えて無事、釈放されて自由の身になれたというのに、どうして、所長を殴って脱走してしまったんでしょうかね？　何てバカなことをしたのかと、それで腹が立っているんですよ」

「高田さんは、七年の間に七回、鹿島源太に面会に行かれていますね？」

「ええ」

「いちばん驚いたのは、彼が脱走する前日にも、高田さんは、府中刑務所に面会に行っておられることです。なぜ、その時に面会に行かれたのですか？」

と、十津川がきいた。

「あと一週間で釈放になりますからね。何があっても我慢するように、問題を起こさないようにと、それをいいに行ったんですよ」

「それだけですか？」

「いや、もう一つ、手紙を頼まれて、それを渡しました」

「誰の手紙ですか？　もしかすると、天野清美の手紙じゃありませんか？」

亀井がきくと、高田は笑って、

「いや、違います。天野清美さんじゃありませんよ」

「じゃあ、誰ですか？」

「田所文雄さんに頼まれた手紙ですよ」

と、高田がいった。

その名前に、十津川は首を傾げた。

田所文雄は、五十歳の情報屋だ。鹿島源太が刑務所から脱走した、まさにその日に、井の頭公園の池に、死体で浮かんでいた男である。

「なぜ、田所文雄の書いた手紙を、鹿島源太に渡しに行かれたんですか?」

十津川が、きく。

「田所文雄は情報屋ですから、いろいろなことに詳しいのです。それで、鹿島源太は田所文雄と、連絡をとっていたんではないかと思いますね。ですから、何回か、田所文雄さんから頼まれて、手紙を鹿島源太に持っていっていました」

「最後に持っていった田所文雄の手紙ですが、どんな内容かご存じですか?」

と、十津川がきいた。

「どうせ刑務所に持っていけば、本人に渡す前に、検閲されますからね。検閲されて困るような内容だと、弁護士としても、後でいろいろと問題になってしまいますから、田所文雄さんに頼まれた時点で、手紙のコピーを取ることにしています。それで、今回もどうということのない手紙でしたので、そのまま持っていったのです」

高田弁護士は、そのコピーを見せてくれた。

下手な字で、その上、短い手紙だった。

「日本全国が、猛烈な風と雨に襲われて、私の家も、床下浸水になってしまい、ひどい目に遭いました。

私の家のことはどうでもいいのですが、困ったのは、姪《めい》のことです。姪の家も、日本中を襲った雨と風のために、思わぬ床下浸水をしたそうです。

その上、窓ガラスが割れたそうで、何とかしてくれといわれたのですが、私にはどうしようもありません。せめて、お金でもあればと思うのですが、そのお金もありません。

身内のことばかり書いて、ごめんなさい、ごめんなさい、ごめんなさい」


これが手紙の内容だった。

たしかに、季節外れの低気圧が発生して、日本中が、強い風と雨に襲われたことがある。多くの家が風で壊されたり、床下浸水したりした。

死者は出なかったが、全国で百人近い人々がケガをしたと、報道されている。

しかし、こんなことで、どうして、田所文雄が、東京府中刑務所内にいる鹿島源太に手紙を書き、それを高田弁護士に託したのだろうか？

それがまず、十津川には不審だった。

「この手紙を読んだ後の鹿島源太の反応は、どうでしたか？」

亀井が、きいた。

「それは分かりません。手紙は、私が帰った後で、読んだものと思われますから」

「何回か、田所文雄から手紙を頼まれて、高田さんは、府中刑務所の鹿島源太に渡していたと、いわれましたね？」

「その通りです」

「その手紙は、今回と同じような内容ですか？」

「そうですよ。全部がどうということのない手紙です。競馬で儲《もう》けた話とか、それから、姪のことなんかを書いていましたね。そうした何気ない手紙が、刑務所にいる鹿島源太には、楽しみになっていたのかもしれません」

と、高田が、いう。

「われわれは、田所文雄の死体を司法解剖に回しましたが、その結果が、報告されてきたのです。死因は後頭部を殴られ、そのあと、腹を刺されたことによる失血死でしたが、問題は、死亡推定時刻なんです。鹿島源太が、府中刑務所を脱走したあとの数時間の中に、死亡推定時刻が入っているんです」

「ということは、つまり、鹿島源太が脱走してから、田所文雄が殺されたということですか?」

「その通りです」

「警察は、脱走した鹿島源太が、田所文雄を殺したとお考えですか?」

高田弁護士が、きく。

「われわれは、断定はしていません。鹿島源太が殺したのかもしれませんし、別の人間が殺したのかもしれません。そこは今のところ、全く分かりません。誰が何のために殺したのか、それをこれから調べたいと思っています」

と、十津川がいった。

それに続けて、亀井が、

「われわれが、もう一つ知りたいのは、脱走した鹿島源太の行方です。高田さんのところには、脱走した鹿島源太から、何か連絡はありませんか?」

「私も心配なので、何かいってきてくれればと思っているんですが、残念ながら何もありません。九州の博多に、彼の母親がいますから、そちらに行ったのではありませんか? 彼の肉親は、その母親一人だけですから」

と、高田が、いう。

「われわれもそう思って、博多の母親のところに、刑事を行かせました。断定は出来ませんが、鹿島源太が脱走した後、博多の母親に会いに行っていることは、間違いないと思っています。しかし、その後の行方は、つかめていません」

「そうですか。それにしても、分からないのは、どうして彼は、このタイミングで脱走なんかしたのかということです」

と、高田が、また首を傾げた。

「われわれも、なぜ釈放される寸前に、鹿島源太が府中刑務所を脱走してしまったのか、その理由が知りたくて、彼が七年前に事件を起こした時のことを、調べ直しています。彼は七年前に殺人を犯し、私が逮捕しました。そして、高田さんが、法廷での弁護を引き受けられた」

「そうです。私も実は、七年前の法廷でのやり取りを、思い出そうとしているんですよ。警部と同じように、私にも、彼の今回の脱走が不可解ですから」

「それでは、お互いに話し合って、七年前のことで、何か見落としていることがないか、考えてみようじゃありませんか？」

と、十津川が、提案した。

ただ、この法律事務所には、ほかにも何人もの弁護士や事務員がいる。三人は、事務所の近くにある、喫茶店で話し合うことにした。

その喫茶店には、一階と二階があって、三人は、二階に上っていった。そちらのほうが、いつも空《す》いていたからである。

三人は向かい合わせに座って、七年前のことを思い出すことにした。

8

事件の現場になった六本木のクラブは、ママが元美人女優の雨宮恵《あまみやけい》で、店の名前も「クラブけい」だった。

ホステスとして店にいる五人の若い女性も、全て美人で、六本木では、かなりの有名店だった。

あの夜、殺された木下秀雄《きのしたひでお》は、四十五歳で、経営コンサルタントを自称していた。木下は「クラブけい」の常連だった。犯人の鹿島源太のほうは、この店が初めてだったという。鹿島がよく行っていたのは、天野清美が働いていた店で、法廷での証言によれば、鹿島はこの時三十一歳。二十代の頃から、女優の雨宮恵のファンだったということ。

鹿島がその話を天野清美にしたところ、彼女から、雨宮恵と親しいから「クラブけい」に一緒に行って、ママに紹介してあげる。そういわれたので、鹿島はこの夜初めて「クラブけい」に行ったと、証言している。

被害者の木下秀雄のほうは、政治家や財界人とも付き合いがあり、時にはフィクサーのような役目を果たしていた。そのせいか、成城《せいじょう》に豪邸を建て、ポルシェやベンツを、常時四、五台持っているといわれていた。

木下秀雄は「クラブけい」には、いつも一人でやって来て、帰る時には、電話で専属の運転手を呼んで、ベンツの最高級車S600に乗って行くといわれていた。

この日の午後九時頃、天野清美がやって来て、ママの雨宮恵に、鹿島源太を紹介した。その後、清美は自分の店に帰って行った。

雨宮恵とホステスたちの証言によれば、最初、木下秀雄が、鹿島源太をからかったのがきっかけだったという。

「この店は高級で、お前みたいな人間の来るところじゃないぞ」

木下は、鹿島に向かって、そういったらしい。

木下秀雄は、その時、かなり酔っていたらしい。鹿島源太が、相手にしないでいると、ますます木下が絡んでいき、法廷での鹿島の証言によれば、

「あまりにもしつこいので、ついカッとなって、たまたまカウンターの上に置いてあった、果物ナイフで、木下の眉間《みけん》を突き刺した」

といいう。

その一刺しで、木下は床に転がってしまった。ホステスの一人が、すぐ救急車を呼び、病院に運ばれていったが、その途中で、木下秀雄は亡くなった。

鹿島源太は逃げ出し、十津川たちが追いかけた。この時も、博多に母親がいると知り、手配して、東京駅で逮捕した。

鹿島源太は、その頃、私立探偵を個人でやっていた。逮捕したあと、十津川が訊問《じんもん》すると、鹿島はなぜか、

「無職です。今、仕事は何もしていません」

と、いった。

「しかし、新宿御苑《しんじゆくぎよえん》のマンションに、君は、私立探偵の看板を掲げているじゃないか？」

と、十津川が、いった。

「たしかにそうですが、客が、あまり来なくて、開店休業の状態ですよ。だから、恥ずかしくて、職業は私立探偵だなんて、とてもいえません」

と、鹿島が、いった。

捜査したところ、被害者が犯人の鹿島源太に絡んできたので、カッとなった鹿島が、果物ナイフで、被害者を突き刺して殺したという、単純な事件である。

しかし、十津川には納得出来ないところがあった。

酔っ払った上でのケンカで、カッとなった鹿島が殺したと、現場のクラブのママやホステスが証言しているし、犯人自身も認めているのだが、十津川は、そうした証言をそう簡単には認めなかった。酔った上でのケンカに見せかけて、最初から狙っていた相手を殺したという事件を、以前に捜査したことがあったからである。

十津川は、二人が実は、以前からの顔見知りだったのではないかと疑った。

木下秀雄は、「クラブけい」の常連だった。犯人の鹿島源太は、初めてこの店に行ったといっている。

これは間違いないだろう。ママの雨宮恵も、ほかのホステスたちも、そう証言していたからである。

ただし、二人が初めて会ったということには、十津川は疑問を持った。

二人は前からの知り合いで、何か別の動機があって、鹿島が木下秀雄を殺したのではないかという疑いが、どうしても消えなかったからである。

十津川は、二人のことを徹底的に調べた。木下秀雄の成城の豪邸に行き、また、新宿御苑にある、鹿島源太の自宅兼私立探偵事務所にも、何回も足を運んだ。

十津川は、部下の刑事たちを二つのチームに分けて、片方が被害者の木下秀雄について調べ、もう片方が犯人の鹿島源太について調べるようにと、指示を出した。

その結果、二人についての資料が集まっていった。

鹿島源太は九州の博多で、空手道場で空手を教えていた父親の信一郎《しんいちろう》と、母親の文江の間に生まれた。中学に入ると、父親のやっていた空手道場で、空手を習うようになり、上達が早く、中学二年の時には県大会に出場していた。

中学三年の時に、その父親がガンで死亡し、母親の文江が、福岡市内でバーを始めて、一人息子の鹿島源太を高校まで行かせた。

十津川が注目したのは、中学から高校にかけての、鹿島源太の運動選手としての成績である。

高校に入ると、その高校には空手部がなかったので、ボクシング部に入ったが、たちまち頭角を現し、二年生の時には、全国高校大会で優勝、プロからの勧誘も多かったという。

しかし、プロにはならず、鹿島源太は高校を卒業すると、しばらくの間、母親がやっているバーを手伝っていた。

その後、二十五歳になった時に上京している。東京では最初、コンビニでアルバイトをしたり、肉体労働で稼いでいたりしたが、二十八歳の時に私立探偵を始めた。

本人がいうように、なかなか個人では信用が得られず、結婚調査や素行調査、信用調査などの業務内容にしたのだが、ポツリポツリとしか調査依頼はこなかった。

それでも、鹿島源太が何とか食べていくことが出来、また、たびたびクラブに飲みに行けたのは、普通の私立探偵社はやっていない、ボディガードの仕事も引き受けていたからだった。

最近は、ストーカーのような男に命を狙われる女性が、ボディガードを依頼してくるケースが多くなってきたので、そんな時には、鹿島の空手やボクシングの経験が役に立ったし、それに何よりも、鹿島自身の暴力も恐れない、恐怖を知らない自信が役に立った。

その上、ボディガードの仕事には、成功報酬が伴うので、それまで何とかやってきたと考えられた。

次は、被害者の木下秀雄である。

木下秀雄が持っていた名刺には「経営コンサルタント　日本木下会」と書かれてい

た。

しかし、調べていくと、経営の本を書いたことはないし、テレビに出て話をしたこともない。本当に経営コンサルタントとしての仕事をしていたかどうか、不明なのである。

それにもかかわらず、何か問題が起きると、彼の名前が出た。木下の強味は、何といっても人脈だった。政治家、実業家、そして、ヤクザの世界にも顔が利いたことが、資産の形成に役に立ったといえる。

日本の政治家は、時には、ヤクザも利用しようとする。その時に間に立つのは、自称経営コンサルタントの木下秀雄なのである。双方に顔が利き、双方に話を付けることが出来たからである。

捜査を進めていくと、木下秀雄が関係した、いくつかの事件が浮かびあがってきた。しかし、その事件の中で、木下秀雄が、いったい、どんなことをやったのか、どう力を発揮したのかが、よく分からないのである。

逆にいえば、分からないからこそ、木下秀雄の懐には多額の金が入り、それによって成城に豪邸を建てることが出来たし、豪華な車を何台も所有して、派手な生活をすることが出来たのだろう。

問題は、この二人の関係である。それも、十津川は調べた。

犯人の鹿島源太は、博多の生まれだったが、木下秀雄は千葉県の生まれである。東京にほど近い船橋《ふなばし》に生まれ、そこで育っている。

二人は、小学校、中学校、高校も違っていた。

鹿島源太は、大学には行っていないが、木下秀雄はS大に行き、その大学で、一応、経営学の勉強をしていた。

鹿島源太は私立探偵を始めてから、何件かの調査依頼を引き受けている。その調査報告書には控えがあって、事務所のキャビネットの中に保管されていた。

その控えに全部目を通しても、木下秀雄の名前は出てこなかった。

結局、二人に関係があるという証拠は、何も見つからなかった。

鹿島は殺人容疑で起訴され、十年の刑を受けて、府中刑務所に放り込まれたのである。

そして今、十津川班は、脱走した鹿島源太を追っている。

二日目も、鹿島源太を逮捕出来なかった。

その日の夜、十津川は亀井に向かって、

「カメさん、この事件だがね、何となく、おかしいぞ」

と、いった。

第三章　暗　号

1

「調べて分かったんだが、殺された田所文雄には、姪《めい》がいないんだ」

十津川が、亀井にいった。

「しかし、田所文雄の手紙には、自分の姪の家が、嵐で床下浸水をして、ガラスも割れて困っている。そんなふうに書いてあったんじゃありませんか？」

「たしかに、その通りだ。それで、府中刑務所の所長に電話して、いろいろときいてみたんだ。田所文雄から鹿島源太宛てに、七年の間に三通の手紙が来ていたそうだ。われわれが見せてもらった手紙のほかに、二通の手紙が来ているというから、その二通とも、ファックスで送ってもらうことにした」

夜遅くなってから、その二通の手紙が、ファックスで送られてきた。

十津川は亀井と、その内容をチェックすることにした。

一通目は、鹿島源太が入所してから一ヵ月後に、送られてきている。


「お元気ですか？

私も姪も、毎日元気に暮らしておりますので、安心してください。

さて、先日、競馬に行き、いわれた通りに買って、十万円を儲《もう》けました。

これからも毎月、十万円ずつ儲けられるような気がして、嬉《うれ》しくなっています。多分大丈夫でしょう」


二通目は、鹿島源太が入所して三年目に送られてきた手紙だった。


「地震、大丈夫でしたか？

ここにきて姪のヤツが、ストーカーのような男に追い回されているといって、心配していましたが、どうやら姪の勘違いだったようで、一安心です。

地震のほうも沈静化しそうで、こちらも大安心です」


「どうかね？　カメさんの感想を聞きたいんだが」

十津川が、亀井にいう。

「前に一通だけ読んだ時は、ごく普通の手紙だと思いましたが、こうして三通並べて読んでみると、何だか、不思議な感じがしますね」

と、亀井はいう。

「どこが不思議なんだ？」

「相手は今、刑務所に入っている人間ですよ。そんな人間に手紙を出すなら、たいていは、こちらは元気でやっているから心配するなとか、何か食べたいものはないかとか、ほかには、読みたい本があれば送るから教えてくれとか、そういうことを書くでしょう？」

「その通りだ」

「それなのに、田所文雄の手紙は、そんなことは一切書かずに、自分のことばかり勝手に書いているじゃないですか？　自分が競馬で十万円を儲けたとか、姪がストーカーに追い回されていると勘違いしたとか、刑務所に入っている人間に宛てた手紙とは、どうしても思えませんよ」

「たしかに、私も、不思議な手紙だと思っている」

「それに、姪がいないのなら、これは、どう見てもおかしいですよ」

「田所文雄の姪は、一人だけで、去年の夏に死んでいる。病死だ。死んだ時、年齢は十五歳だった」

「それに、手紙の末尾が、二通目と三通目は、大げさじゃありませんか？　二通目は、地震のほうも沈静化しそうで、安心ですと書けばいいのに、大安心ですと書いています。それに、三通目の手紙では、ごめんなさいを、三回も続けて書いていますよ。これは、少しばかり、大げさすぎる文章じゃありませんか。田所文雄には、普段から、そういう文章を書くようなクセがあるんでしょうか？」

「そこなんだがね、カメさん、私はね、この三通の手紙は、何か暗号じゃないかと思っているんだ」

「暗号ですか？」

「そうだよ。以前に、太平洋戦争の時、兵士として生死の境をさまよった人の話を、聞いたことがある。戦地から出す手紙には、次にどの戦場に行くかということは、一切書けなかったそうだ。もし書いたとしても、墨を塗られてしまう。しかし、何とか自分の家族には、これから行く戦場が、危ないところかどうかだけでも知らせたい。それで、召集された時に、家族と示し合わせて、手紙の最後に小さく、さようならと書いた時には、危険な戦場に行かなくて済む。大きな文字で、さようならと書いた場合には、これから危険な戦場に行く命令があった。そうやって知らせたというんだよ。何しろ、当時の軍隊では、家族に出す手紙は、全て必ず検閲されたというからね。それで、そんな暗号を考えたというんだよ」

「暗号というと、鹿島源太に脱獄の用意が出来たと、知らせるような暗号ですか？」

と、亀井がいう。

十津川は、笑って、

「いや、それはないと思うね。何しろ、一週間後には、正式に出所出来るんだからね。強いて脱獄させることはないよ」

「しかし、警部は、手紙は暗号だといわれるわけでしょう？」

「そうだよ」

「いったい、どこが暗号なんでしょうか？」

「今、カメさんがいったところだよ。二通目の手紙にある大安心というのは、たしかに大げさすぎる。それに、三通目の手紙では、ごめんなさいを、続けて三回も書いている」

「なるほど、その部分が暗号になっているわけですか」

「例えば、同じ言葉を二度続けた時は、少し危ない。三度続けた時は、かなり危険な状態を示す。二人の間で、そんなふうに示し合わせておいたんじゃないかと思うんだよ。事前にそう決めておいて、鹿島源太は府中刑務所に入った。そこで、田所文雄のほうは、約束通り、危険が迫ったらすぐに手紙を書く。末尾に同じ言葉を二度続けたら、今いったように少しだけ危険、三度続けた場合は、危険が大きいということにしておいて、手紙を出した。何もない時には、手紙を出さない。私は、そう思っている」

「それは分かりましたが、いったい何が危険なんでしょうか？」

「問題は、そこだよ。出所予定の一週間前に、田所文雄が、高田弁護士に頼んで渡してもらった手紙には、同じ言葉が三度も続けて書いてあった。それで、鹿島源太は、一週間後になれば堂々と出所出来るのに、突然、脱走してしまった。私は、そんなふうに考えてみたんだ」

2

十津川は、三通の手紙を机の上に並べた。

「この三通に共通するのは、田所文雄の姪《めい》という言葉だ。七年の間に、たった三通しか出さなかったのに、その三通の全てに、姪という言葉が書いてある」

「しかし、田所文雄の姪は、去年亡くなったんでしたね？」

「ああ、そうだ。田所文雄は、三通目にも姪のことを書いている」

「そうなると、警部がいわれる危険な状況というのは、田所文雄の姪ということになるんですか？　しかし、彼女は、去年の夏に病死しています」

同じことを繰り返しながら、亀井が首を傾げる。

「おそらく、田所文雄と鹿島源太は、手紙の中で姪と書けば、何か別のことを指すと、事前に示し合わせておいたんじゃないか。おそらく鹿島源太の恋人か、あるいは、彼がどこかに作った娘か、そのどちらかじゃないのかと、思うんだがね」

「しかし、七年前に、彼を殺人で逮捕しました。その時には、鹿島源太には特別な関係の女はいない。そうだったんじゃありませんか？　唯一、天野清美という女性がいますが、彼女は、鹿島源太の恋人とは、とても思えませんでしたよ」

「たしかに、天野清美は今でも、鹿島源太が七年間を棒に振るほどの、恋人とは思えない」

と、十津川もいった。

「鹿島源太には、脱走するほど大事な女性がいたんでしょうか？」

「こうなると、いたと思ったほうがいいだろうね」

「この手紙ですが、ほかにも、おかしいところが一つありますね」

と、亀井がいう。

「一通目の、競馬か？」

「そうです。私の友だちにも競馬好きがいますが、競馬で大穴を当てたと、よく自慢するんですよ。そんな時には、昨日は三―二で獲《と》ったとかいいますが、十万円きっかりというのは聞いたことがありません。たいていは、十一万とか、そういう半端な金額になるので、その点、手紙の中にある競馬の話というのは、不思議な気がするんです」

「たしかに、その件は同感だ」

「これも暗号でしょうか？」

「暗号だろうとは思うが、末尾みたいな繰り返しの言葉じゃないからね。それに、七年間に、たった三通しか手紙を書いていないのに、一通目は鹿島源太が入所して一ヵ月後に出している。そう考えると、この競馬の話というのは、何かの約束じゃないかと思うのだ」

と、十津川が、いった。

「どんな種類の約束ですか？」

「例えば、鹿島源太には好きな女性がいたとしよう。その女性に何か危険があったら、すぐに手紙をくれ。鹿島源太は、田所文雄に、そう頼んでから入所した。手紙がうまく届くかどうか、まず一ヵ月後に、試してみたんじゃないか？」

「そういえば、一通目の手紙には、姪も元気だから、安心してくれと書いてありますね。田所文雄は、鹿島源太に頼まれて、鹿島の好きな女を見守っていて、彼女のことで何か危険なことが起これば、それを知らせる。そんな約束をしたのかもしれませんね」

「田所文雄のような、金に目がない男が、タダでそんな約束をする筈《はず》はない。だから、そこに十万円という金額が出てくるんじゃないのか？　つまり、毎月十万円ずつもらえるなら、鹿島源太の恋人の安否を見守っていて、何かあればすぐに手紙を書く。そういう約束をしたんじゃないのかな。ただ、刑務所にいる鹿島源太に、そういう内容の手紙を書くわけにはいかないので、競馬で十万円儲《もう》かった、これから毎月十万円ずつ儲かるような気がするといったような、そんな書き方をしているんじゃないかと思うね」

「しかし、刑務所に入ってしまった鹿島源太は、どうやって、毎月十万円もの金を田所に渡せるんでしょうか？」

「それは、多分、誰か、金を渡す役目の第三者がいるんだろう。例えば天野清美とか。その第三者が、鹿島源太に代わって、田所文雄に、毎月十万ずつ、渡していたと考えるのがいいだろう」

「田所文雄の預金通帳を調べてみますか？」

「いや、調べても、おそらく、振り込んだ人間のことは、何も分からないだろう。それに直接、現金で渡されていたに違いない。少なくとも、振り込みなどという、証拠が残るような方法はとらないだろう」

「鹿島源太の女というのが、まさか、博多にいる彼の母親ということはないでしょうね？」

「もちろん、母親じゃないさ」

と、十津川が続ける。

「彼の母親が、現在、危険な状況にいるとは思えないからね。母親に何としてでも会いたいと思ったとしても、あと一週間なら、何とか我慢するんじゃないだろうか？　そのほうが、母親だって喜ぶだろうからね」

「しかし、鹿島源太は脱走した後、天野清美と一緒に、母親のいる博多に逃げたように思えますが」

亀井がいう。

「鹿島源太は、博多まで母親に会いに行ったかのように、見せかけているんじゃないかね。東京駅の監視カメラで、鹿島源太と天野清美のように見えたカップルは、天野清美のほうは本人だろうが、鹿島源太はおそらく、本人じゃない。天野清美が頼んで、一緒に博多行きの新幹線に乗ってもらった男じゃないか？　母親の飲み屋にあった、東京名菓の『東京の空』も、偽装工作だったんじゃないだろうか。今となると、そうとしか思えないね」

「警部のいわれるように、もし、鹿島源太が博多に行っていないとすると、彼は今どこにいるんでしょうか？」

3

急遽《きゆうきよ》、捜査会議が開かれ、十津川は自分の考えを三上刑事部長に話した。

それでも、三上刑事部長は首を傾げて、

「十津川君の考えはよく分かったが、この三通の手紙が、田所自身の近況を、鹿島源太に知らせているだけの、普通の手紙であるということもあり得るわけだろう？」

「もちろん。刑事部長のいわれるようなケースも考えられます。しかし、三通目の手紙が鹿島源太に渡された直後に、彼は、一週間後に釈放が迫っていたにもかかわらず、脱獄してしまったことを考えると、この手紙が、ただの近況を知らせる手紙とは、とても思えないのです。それに、田所文雄は、鹿島源太が脱走した直後に殺されています。そうしたことを考えますと、この手紙には、何か隠された秘密がある。そう考えるのが妥当であると理解しています」

「君のいう通りなら、脱走した鹿島源太は、博多の母親のところには、行っていないということになるね？」

「そうです」

「そうなると、鹿島源太が今どこにいるのか、君には想像がついているのか？」

「残念ながら、分かっておりません。しかし、鹿島源太がどこにいるにしろ、現在、危険な状況にあると、私は思っています」

「それでは、今後、君はどんな捜査をしようと思っているのかね？」

三上が、きく。

「七年前に鹿島源太が起こした殺人事件を、もう一度、調べてみようと思っています。

何か見落としていることがあるかもしれませんから」

「しかし、あの事件はすでに解決している。それなのに、どうして再調査をしたいのかね？」

「たしかに、事件そのものは、七年前に終わっています。しかし、ここまで来ると、あの事件が、酔った上でのケンカによる偶然の殺人とは、やはり思えなくなりました。絶対に、何か裏があると思うのです」

「七年前の事件は、君が担当したんじゃないか？」

「そうです。私が担当しました」

「その時に、君が書いた調書を読み直してみたんだがね、極めて簡単明瞭《めいりょう》な事件じゃないか。酔った上での口論からケンカになり、カッとなった鹿島源太が、たまたまカウンターの上に置いてあった果物ナイフで、相手の男を刺殺した。犯人の鹿島源太は、いったんは逃げたが、東京駅で逮捕した。調書には、そう書いてあった」

「その通りです。あの時は、それで送検しました」

「それなら、何がどう違っていたので、どう調べようというのかね？」

三上が、しつこくきく。

「七年前には、今、刑事部長がいわれたように、酒の上でのケンカがもとで、カッとなり刺してしまった。そうした結論になりました。しかし、今は、こんなふうに考えているのです。鹿島源太は、最初から被害者の木下秀雄を殺すつもりで、六本木のクラブに行き、酔ったふりをして絡み、カッとなって、果物ナイフで刺し殺したように見せかけた。それが真相だったのではないかと、思っています」

「しかしだね、君の調書には、鹿島源太と木下秀雄との間には、何の関係もないと書いてあった。それなのに、今は、二人の間には何らかの関係があったと、考えているのかね？」

「多分、二人の間には、何の関係もなかっただろうと思っています」

「それなら、なぜ、何の関係もない相手を、殺したのかね？」

「これは私の想像ですが、鹿島源太は誰かに頼まれて、木下秀雄を刺し殺したのではないでしょうか」

「鹿島源太は、どうして、そんなことをしたのかね？」

「それを、これから調べてみたいと思っているのです。私がいちばん知りたいのは、鹿島源太に、木下秀雄殺しを依頼した人間のことです。その人間の名前と、なぜ殺しを頼んだのか、それを何とかして、明らかにしたいと思っています」

と、十津川はいった。

最後に、三上刑事部長が声を張り上げて、十津川にいった。

「私には、君が何を考えているのかは分からんが、とにかく、脱走した鹿島源太が、何か事件を起こす前に逮捕してほしい。私が願っているのは、そのことだけだ」

4

翌日から、刑事たちは、七年前に殺された木下秀雄について、再び、徹底的に調べることにした。

もちろん、犯人の鹿島源太についても調べたいのだが、現在、行方不明になっているうえ、十津川の推理が当たっていれば、鹿島源太は誰かに頼まれて、木下秀雄を殺したことになる。とすれば、殺人の動機を知るには、やはり被害者の木下秀雄のことを調べるほうが正解だろう。十津川はそう思ったのである。

木下秀雄とは、いったい何者だったのか？

名刺には、経営コンサルタントと書かれてあったが、ただの経営コンサルタントではないことは、ウワサで知っていた。要するに、大金が動くような問題が起きると、必ず木下秀雄が顔を出してくる。金の匂いがすると、どうしても首を突っ込みたくなるのだと、木下がよく口にしたという証言も、得ていた。

今回新たに、事件当時、電力会社の原発関係で、木下の名前がよく出てきていたと、十津川は教えられた。

今から七年前、あるいはその前頃は、原発問題といえば、どこに原発を造るかということだった。その頃は、原発の安全性よりも、原発を造るための、用地買収のほうが問題となっていたのである。

そんな時、電力会社は表には立たず、木下秀雄のような男に、土地の買収を頼んでいたという。木下の強味は、何といっても政界、財界、そして、それ以外の世界にも、顔が利くということだった。

そこで、電力会社に代わって町を、村を、あるいは個人を、あらゆるコネを使って説得する。もちろん、最後《もう》にモノをいうのは金である。

木下秀雄自身も金を儲けるわけだが、個人として、電力会社の要請を引き受けることはない。トンネル会社を作って、その会社が引き受けたことになっている。

ただ、調べていくと、この世界には敵が多いことも分かってきた。

とにかく、原発にからんで、大金が動いている。

「七年前、あるいは、その数年前を考えればいいだろう。木下秀雄のような人間が何人くらいいたのか、特に、木下秀雄と仲の悪かった人間、グループについて、調べるんだ」

と、十津川は、刑事たちにいった。

十津川自身は、亀井とともに、殺された木下秀雄の元妻に会って、話を聞くことにした。

当時、木下秀雄より一回り以上若かった妻の由美《ゆみ》は、現在、横浜で店を経営していた。トータルファッションの店で、洋服に合わせた、有名ブランドのバッグや靴なども揃えている。

かなり流行《はや》っているように見えた。

雑居ビルの一階から三階までを、占拠している。三階にある社長室で、十津川と亀井は、木下由美に会った。

「もう木下のことは、忘れてしまいました」

由美が、笑いながら十津川にいった。

「あの頃、ご主人のことを、どう思っていらっしゃいましたか？」

十津川が、きくと、

「一言でいえば、インテリヤクザかしら」

由美は、そんなことをいった。

「どうして、インテリヤクザなんですか？」

「あの人、頭はいいんですよ。頭の回転が速いといったらいいのかしら、よくそんなことを思いつくものだと、いつも感心させられるような、そんな頭の良さがあった人ですわ。でも、やることはヤクザのような荒っぽいところがあって、だからインテリヤクザだっていうんですよ」

と、由美がいった。

「では、危ないことも、何回かあったわけですね？」

「ええ、一日に何回も、脅しの電話がかかってきたこともありましたよ」

「ご主人は、六本木のクラブで殺されましたが、あの頃、ご主人と仕事の面で張り合っていたとか、ご主人のことを恨んでいた人間のことを、ご存じありませんか？」

「今から考えると、あの頃がいちばん、変な電話がかかってきた頃じゃないかしら？無言電話もやたらに多かったし、電話に出ると、いきなり大声で怒鳴るような人もいましたし」

「その中で、名前を覚えている人はいませんか？」

「たしか、主人を殺したのは鹿島という人でしょう？　何でも、最近、府中刑務所を脱走したと聞きましたけど、今度は、私のことを殺しに来るんでしょうか?」

「いや、それはないと思います」

十津川が、いった。

「どうしてですか? 本当に大丈夫なんですか?」

「それは保証します。今の質問なんですが、その頃、ご主人がよく口にしていた名前を覚えていらっしゃいませんか?」

「そうですねえ」

と、由美は考え込んだ。

十津川と亀井は黙って、由美が口を開くのを待った。
二、三分して、由美が、
「自信はありませんけど、それでもいいですか?」

「構いませんよ。とにかく、おっしゃってください」

「会田《あいだ》さんだったか、相沢《あいざわ》さんだったか、はっきりしないんですけど、主人が、相沢のヤツとか、会田の野郎とかいっていたのを思い出しました」

「会田か、相沢ですね?」

十津川が、念を押した。

いますけど」

「でも、主人を殺したのは、鹿島という人なんでしょう？　その人とは名前が違って

「違っていたほうがいいんです」

と、十津川がいった。

「違っていたほうがいいって、どういうことなんですか？」

「ご主人が殺された事件を、今度は、新しい角度から見直さなくてはいけないことになったんです。ご主人を実際に殺したのは、鹿島源太という男ですが、鹿島源太にご主人を殺させたのは、別の人間ではないかと考えています」

「そんなことって、あるんですか？」

「あるから、こうしていろいろと、お話を伺っているのです。それでご主人が、相沢のヤツとか、会田の野郎といった時の状況ですが、どういう時に、ご主人はいったのですか？」

「たしか、主人が亡くなる一ヵ月くらい前です。主人が留守の時に、やたらに無言電話がかかってきたり、家に石を投げ込まれたりしたので、帰ってきた主人に話したら、主人がいったんです。相沢のヤツ、今度会ったら脅かして黙らせてやる。そういったんです。もしかしたら、会田だったかもしれませんけど。それから一ヵ月ほどして、

主人は殺されてしまいました」

さすがに暗い表情になって、由美がいった。

「その頃、具体的に、ご主人はどんな仕事をやっておられたのですか？　たしか、新しい原発の、用地買収をやっておられたのではないですか？」

「ええ、たしか、そんなことをやっていました」

「具体的に、どこの原発ですか？」

「たしか、神山《かみやま》原発だったと思いますよ」

「神山原発というと、日本海の越前《えちぜん》岬の近くに造られた原発ですね？」

「ええ、そうです」

「ご主人が、用地買収に取りかかっていて殺された、その後の用地買収は、誰がやったのか、ご存じありませんか？」

「いいえ、知りません。主人が亡くなってからは、そちらのほうには、全く興味がなくなってしまいましたから」

と、由美がいった。

十津川は、現在、停止中の神山原発に行ってみることにした。

5

十津川は亀井と二人、その日のうちに、越前岬近くの神山原発に向かった。

原発のある場所は、神山村である。

二人は、そこの村長に会った。

「今日は、殺人事件の捜査に来たわけではありません」

まず初めに、十津川が断った。そうしないと、相手が気持ちよく質問に答えてくれないと、思ったからである。

村長は、けげんな顔をしている。十津川は続けて、

「今から七年ほど前ですが、ここに原発を造るに当たって、用地買収のために、関係者が来たと思いますが、どういう人たちがやって来たのかを、知りたいのです」

「用地の買収に関して、私は不正なことなど何もしていませんよ」

村長が気色ばんでみせる。多分、そうしたウワサがあるのだろう。

十津川は、苦笑して、

「よく分かっています。用地買収に関して、村長さんが、どうしたかとは何の関係も

ありません。われわれは、用地買収に動いた人間の名前を、知りたいだけです。最初はたしか、この人が、村長さんに会いに来たのではありませんか？」

十津川は、そういって、木下秀雄の顔写真を、村長に見せた。

「名前は、木下秀雄です。どうですか？」

村長はメガネをかけ直してから、写真を見すえて、

「ええ、たしかに、この人です。最初は、この人が来ましたよ」

「しかし、途中から、この人に代わって、別の人が、あなたに会いに来たんじゃありませんか？」

「そうでした。木下さんが亡くなったといって、新しい人が来るようになりました」

「その人の名前、分かりませんか？」

「たしか、名刺をいただきました。ちょっとお待ちください」

村長は奥の部屋に引っ込むと、五分ほどして、一枚の名刺を持って戻ってきた。

その名刺には「会田興業取締役社長　会田健作《けんさく》」とあった。

十津川の顔に、自然に微笑が浮かんだ。

「この会田という人は、どういう人でしたか？」

十津川が、きいた。

「そうですね。情熱的な人でしたよ」

「どんなふうに、情熱的な人だったんですか？」

「この方は、何かというと、自分は日本の将来のために、この仕事をやっている。将来、日本は、何といってもエネルギーが不足する。だから、原発が必要なんです。そのことを、村長さんも村の人たちも理解してほしい。そういう話し方を、よくされていましたね」

「いくつくらいの人ですか？」

と、亀井がきいた。

「たしか、私がお会いしたのは、七年くらい前でしたが、ちょうど還暦だといっておられましたね。還暦だが、仕事に対する意欲は、ますます強くなっている。そういわれました」

「そうすると、現在は六十七歳くらいですね。今でも、この会田さんと、お付き合いがあるんですか？」

と、十津川がきいた。

「そうですね。年賀状は、毎年いただいていますよ」

村長はまた、奥から年賀状を二通持ってきた。

問題の会田健作からの、今年と去年の年賀状である。

そこには間違いなく、会田健作の署名があった。住所は西新宿になっている。

その住所を、亀井が自分の手帳に書き取った。

十津川は、質問を続けた。

「会田健作さんは、七年前にこちらに来る時、いつも一人でしたか？」

「いや、いつも女性の秘書を連れていらっしゃいましたね。美人で、いかにも頭の切れそうな女性でしたよ」

と、村長がいう。

十津川たちは、礼をいって外に出ると、岬の先端に造られた原発に向かって、歩いていった。

舗装された道路がある。岬が抱える海岸には、海に面して大きなホテルが建っていた。近づいてみると、村営だった。

原発は今、停止しているが、原発の近くには、村長の銅像が建っていた。

すでに周囲が暗くなり始めた。十津川たちは、海辺にあるホテルに泊まることにした。ホテルで少し遅い夕食を取ってから、東京の北条早苗刑事に電話をかけた。

「そちらの状況はどうだ？　関係者の名前は見つかったか？」

「殺された木下秀雄の、ライバルと思われる人間の名前が、数人浮かんできました」

と、北条早苗がいう。

「その中に、会田健作という名前はないか？」

「ありますが、この人間が怪しいのですか？」

「私は、明日になったら、そちらに帰る。私たちが帰るまでに、その会田健作について調べておいてくれ」

と、十津川がいった。

二人はツインの部屋に入り、しばらくは眠れずに、今日得た情報を反芻《はんすう》した。

「少しずつですが、ストーリーが見えてきましたね」

と、亀井がいう。

「カメさんは、どんなストーリーを考えているんだ？」

「この神山原発の仕事を、木下秀雄から奪うために、会田健作という男が、鹿島源太に、木下秀雄を殺させたのだと思いますね。そうして、会田健作が、この神山原発の仕事を自分のものにした。そういうことではないかと思いますが」

「しかし、それは、あくまでも想像にすぎないだろう？」

十津川は、慎重にいった。

「それはそうですが」

「いちばんの問題は、なぜ鹿島源太が、そんな殺しを引き受けたかということになってくる。大金を貰《もら》っても、そう簡単には、人殺しは引き受けないだろう。もし、鹿島源太が人殺しを頼まれたのなら、よほどの事情があったに違いない。それが分からないと、この事件は解決出来ない筈《はず》だ」

「会田健作は、女性の秘書を連れて、村長に会いに来たといっていましたね？　その女性が問題なのではありませんか？」

と、亀井がいう。

「鹿島源太が、その女性のために、殺しを引き受けたというのか？」

「違いますか？」

「多分、それはないよ」

と、十津川がいった。

「ありませんか？」

「多分、その女性は、会田健作の女だろう。それなら、その女のために、鹿島源太が、人殺しを引き受けるとは思えない」

「鹿島源太は、以前から、会田健作と関係があったのでしょうか？　それで、仕方なく殺しを引き受けた。そういうことも考えられますが」

と、亀井がいったが、その意見にも、十津川は頷《うなず》かなかった。

「七年前に鹿島源太を逮捕した時、彼の周りから会田健作、あるいは会田興業という名前は、全く浮かんでこなかった。それに、会田健作は、木下秀雄から神山原発の仕事を奪おうとしていたんだ。結局、木下秀雄を殺して、その仕事を自分のものにした。そんな時に、自分の知り合いに、殺しは頼まないだろう。ヘタをすると、自分の名前が出てしまうからね。私は、二人の間には何の関係もないと思っている」

「しかし、無関係な人間に殺しを頼むというのも、少しばかりおかしいと思いませんか？　引き受けるほうも、全く知らない人間から殺しを頼まれたら、ＯＫはしないでしょう？」

「だからこそ、そこが問題だと思っているんだ。全く知らない人間、会田健作から、鹿島源太は殺しを頼まれた。それなのに、鹿島源太が殺しを実行した、つまり、それだけの大きな理由があったんだよ。それが分からないと、この事件は解決しない」

十津川が、いった。

「やっぱり、女ですか？」

亀井がいう。

「金でなければ、女だ」

と、十津川も、いった。

「多分、鹿島源太の娘じゃないかと思うね」

「どうして、そう思われるんですか？」

「天野清美という女がいる。七年前に、彼女は鹿島源太のために働いているし、例の脱走騒ぎでも、鹿島源太のために尽くしている。もし、問題の女性が鹿島源太の彼女だったら、天野清美は多分、手助けなんかはしないだろうと思うんだよ。男女の関係でなかろうとね。それが、脱走した男のためにも尽くしている。ということは、問題の女性が、天野清美にとって、嫉妬《しっと》の相手ではないことを、意味しているんじゃないか。そうだとすると、その女性は、鹿島源太の肉親ということになってくる。母親は今回の事件には関係がないから、残るのは鹿島源太の娘だ。ほかに考えようはない」

と、十津川がいった。

6

翌朝早く、二人は東京に戻った。

依然として、鹿島源太の行方は分からなかった。福岡に行っていた西本と日下も、戻っていた。

捜査本部に、刑事たちを集めて、今後の捜査方針を告げた。

第一は、会田健作とその会社について調べること。

第二は、鹿島源太に娘はいないかを調べること。

全員で、この二つを重点的に調べるようにと、十津川は指示を出した。

まず、博多の鹿島源太の母親に電話をして確認すると、鹿島の娘については、分からないという返事だった。

母親の答えは、こうである。

「源太は、今までに一度も結婚したことはありませんが、付き合っていた女性はいましたから、娘がいるかもしれません。ただ、そのことを、源太が私に話したことはありません」

会田健作のほうは、新宿西口の超高層ビルの中に事務所があり、使っている社員は数人だが、資産内容はすこぶるいいということが分かってきた。しかも、警察関係にも顔が利くといっているらしい。

「ただ、ここに来て、社長の会田健作は、人にあまり会わないようにしているようです。また、大学の後輩で柔道やボクシングの選手だった人間を、新しく高給で雇い入れて、二十四時間、身辺警護をさせています。おそらく、脱獄した鹿島源太に対してのことだと思います。今は世田谷《せたがや》の豪邸に住んでいるんですが、事務所に寝泊まりしています」

と、西本や日下が、調べてきたことを十津川に報告した。

問題は、鹿島源太の娘だった。

娘がいるのかどうか、本人は行方不明なので、直接きくことが出来ない。天野清美なら知っているかもしれないが、彼女も現在、行方が分からないのである。

十津川が考えたのは、鹿島源太は、七年前まで個人で探偵事務所をやっていたから、その頃のことを知っている人間を探し出せば、何か分かるかもしれないということだった。

そこで、鹿島源太が探偵事務所を構えていた頃、その周辺にいた人たちを見つけて、話をきくことにした。

当時の鹿島源太を知っているという人間は、なかなか見つからなかったが、彼がお金欲しさに、芸能人のボディガードの仕事まで引き受けていたことがあり、当時ボディガードを頼んだという女性が見つかった。

野々村亜紀《ののむらあき》という中年の女優である。今は脇役専門になってしまったが、七年前頃は若くて、売れっ子の女優だった。

その頃、彼女はストーカーの被害に遭っていて、そのためにボディガードを頼んだことがあると、週刊誌に語っている記事を、十津川が見つけたのである。

ひょっとすると、そのボディガードというのは、鹿島源太かもしれない。そう思って、十津川はすぐ、女性刑事の北条早苗を連れて、野々村亜紀を訪ねていったのである。

四谷にあるスタジオで会うと、野々村亜紀は、ボディガードを頼んだ時の写真を見せてくれた。

野々村亜紀と一緒に写っているのは、間違いなく鹿島源太だった。

その頃のことを、楽しそうに口にする野々村亜紀の話を、一通り聞いた後で、北条早苗が、

「その時、この探偵と個人的な話もなさいましたか？」

亜紀は頷いて、

「ストーカーが怖かったので、いつも一緒にいてもらったんですよ。だから、そんな時には、探偵さんのほうも、いろいろと個人的な話をしてくれました」

「その時、探偵の鹿島さんは、自分の家族のことを話しませんでしたか？」

今度も、早苗がきいた。

十津川は、質問は早苗に任せていた。相手も、女性のほうがしゃべりやすいだろうと、思ったからである。

亜紀はニッコリして、

「ええ、いろいろと、探偵さんのプライベートな話も聞きましたよ」

と、いった。

「どんな話をしたんでしょうか？」

「あの頃、あの探偵さん、たしか三十歳、いや、三十一歳だったかしら。イケメンだし、強くて頼もしい人だから、モテるんでしょうとか、一度くらいは、結婚したことがあるんじゃないのってきいたら、結婚したことはないが、一度だけ同棲《どうせい》したことがあると、いっていましたよ」

「その時、ひょっとして、子どもが出来たんじゃないでしょうか。そのことは、お聞きになりませんでしたか？」

早苗がきくと、亜紀はまたニッコリして、

「ええ、娘さんが一人、生まれたと話していましたよ。私のボディガードをしていた時には、たしか、十歳とか十一歳だとかいっていましたね」

「その娘さんについて、何かききませんでしたか？」

「たしか、何でも、その娘さんは生まれつき、珍しい病気だとか。日本に、その病気を治すのなら世界一というお医者さんがいて、その人に手術を頼んで成功すれば、娘さんの命は助かるが、それには何千万円という大変なお金がかかるんですって。それで、探偵のほかに、ボディガードの仕事まで引き受けているんだと、そんなことを話してくれましたよ」

「その娘さんの名前をききましたか？」

「ききましたけど、覚えていないんですよ。申し訳ありませんけど」

「その娘さんと、ボディガードの鹿島さんとはその頃、一緒に住んでいたんですか？」

早苗がきく。

たしか、殺人容疑で鹿島源太を捕まえた時には、彼のマンションには、誰もいなかった。

野々村亜紀は、少し考えてから、

「お金が貯まるまでは、東京のような空気の悪いところには置いておけないので、何とかいう高原の病院に入院させている。ただ、そこに入院していても、病気が治るわけではないから、何とか早くお金を貯めて、世界一という先生に手術してもらいたい。そういっていましたよ」

「高原の病院ですか」

今度は、初めて十津川が質問した。

「ええ、そういっていましたわ」

「どこの高原か、分かりませんか？」

「さっきから考えているんですけど、どうしても思い出せなくて」

と、亜紀が、いった。

「その病名についてはききましたか？」

「難しい病名なので、覚えていないんですけど、早く手術しないと、長くは生きられないような、そんな病気なんですって。それで、あの探偵さんは、お金を貯めることに焦っていたんじゃないかしら？　だから、私もボディガードをしてもらっていた間、鹿島さんがいっていた金額より、多めにお支払いしていたんですけど」

十津川は、野々村亜紀に、もし思い出したら、すぐに連絡してくれるようにと、自分の携帯電話の番号を教えてから、捜査本部に引き揚げた。

一方、新宿の西口にある会田健作の事務所には、二人の刑事を見張りにつけることにした。鹿島源太が、現れるかもしれないと思ったからである。

そのあと、十津川は捜査会議で、現在の状況を、三上刑事部長に報告した。

「日本海に面した越前海岸の近くに、小さな岬があり、今から七年前頃、そこの神山という村に、原発建設の話が持ち上がりました。そこで、土地の買収や、村人たちを賛成に回らせるために、電力会社に頼まれて動いたのが、殺された木下秀雄でした。儲《もう》かる仕事なので、何とかして木下秀雄から奪って、自分のものにしようとして、会田健作という男が動きました。しかし、その仕事が、なかなか自分のものにはならない。そこで、木下秀雄を殺してしまえば、その仕事が自分のところに回ってくると、考えたのではないでしょうか？　しかし、自分が知っている人間に頼んだのでは、疑われて、ヘタをすると刑務所に行かなくてはならなくなる。そこで、自分とは何の関係もない人間だが、金さえ出せば、この殺しを引き受けてくれる人間を、探したと思うのです。そして見つけたのが、当時、私立探偵をやっていた鹿島源太です。彼には同棲していた女性がいて、その女性との間に、娘が一人いたそうです。当時は十一歳くらいになっていましたが、その娘には先天的な病気があって、一刻も早く手術をしないと、長生きは出来ないといわれていたそうです。また、難しい手術なので、何千万もの金が必要だったそうです。そこで鹿島源太は、手術の金を稼ぐために、ボディガードの仕事までしていたようですが、簡単には何千万もの金は貯まりません。会田健作は、そのことを知って、金さえ積めば、鹿島源太なら、殺しを引き受けるのではないか？　そう考えて、彼に近づいていったのだと思いますね。会田健作が考えた通り、鹿島源太は、娘のために殺しを引き受け、酔った者同士のケンカに見せかけて、六本木のクラブで木下秀雄を殺しました。それが、七年前の殺人事件の真相ではないでしょうか。鹿島源太は十年の刑を受けて、府中刑務所に服役、刑期を三年短縮されて、七年で出るところでした。ところが、彼は突然、出所の一週間前に脱走しました。その彼にその決心をさせたのは、情報屋の田所文雄からの手紙だったと思われます。その手紙は暗号になっていて、問題の娘が危険にさらされていると知らされて、鹿島源太は、出所の一週間前にもかかわらず脱走したと、私は思っています」

「一つ質問がある」

と、三上がいった。

「会田健作は、どうして鹿島源太の存在を知ったのかね？　ウワサを聞いたぐらいで、人殺しは頼まんだろう？」

「野々村亜紀の存在だと思います。会田健作という男は、派手好きで、金にあかして、よくパーティを開き、そこに芸能人を呼んで、どんちゃん騒ぎをするんだそうです。相手を気に入ると、ぽんと新車をプレゼントしたりするので、よく芸能人が集まっていたと聞きました。野々村亜紀も、よく会田のパーティに顔を出していたといいますから、彼女から鹿島源太のことを聞いたんだと思います。私立探偵で、娘のために大金が必要なので、ボディガードの仕事も引き受けていることをです。それで会田は、鹿島源太という男のことを知ったんだと思いますね」

「その鹿島源太が、今どこで何をしているのかは、分からんのだろう？」

三上がきく。

「そうです。現在、娘を助けようとしているとは思うのですが、その娘の居どころも分からないのです。おそらく、手術が成功して、今はどこかで療養しているのではないかと思います。七年前には、どこかの高原の病院に入院していたらしいというのですが、その高原というのがどこなのか、それが分からないのです」

「ところで、田所文雄が殺されているが、この男との関係は、どうなんだ？」

三上がきいた。

「おそらく、田所文雄との関係は、こういうことだと思います。鹿島源太は娘のために殺しを引き受け、自分は刑務所に行きましたが、彼に殺人をやらせた男が、約束通り手術代を払って、娘に手術を受けさせるかどうかは、その時になってみなければ分かりません。そこで、鹿島源太は、いわば後見人として、娘のことを田所文雄に頼んでいたのだと思います。田所は、鹿島源太の娘が手術を受けることと、手術の後は、静養のために、どこかに住むことを、鹿島の代わりに手配したのではないでしょうか。その報酬として、殺人の報酬から、毎月十万円を、鹿島源太からもらっていたのだと思います。無事にしていれば、田所は鹿島に手紙は出さない。娘の身に何かがあったら、手紙を出す。もちろん、その手紙は、刑務所の所員に見られてしまいますから、見られてもいいように暗号で出す。そういう約束で、田所は七年間に三回、手紙を書いています。三通目の手紙で、鹿島源太の娘が危険だと、暗号で知らせたので、鹿島源太は脱走しました。鹿島源太に殺しを頼んだ会田健作は、鹿島源太が田所文雄に何かを話したに違いない。そう思って、田所を責め、殺したのだと考えます」

三上がきく。

「鹿島源太の娘だが、実在するんだろうね？」

「間違いなく実在すると思います」

「しかし、名前も、どこにいるのかも分からんのだろう？」

「たしかに、今のところ名前も、どこにいるのかも分かりません」

「七年前には、十一歳くらいだといったね？」

「そうです。ですから、現在は十八歳くらいになっていると思います」

「その娘を、会田健作という男が殺そうとしている。それを知って、鹿島源太が府中刑務所を脱走した。脱走して、娘を守ろうとしている。そういうことだと考えていいのかね？」

「はい。そう考えて間違いないと思います」

「しかし、どうして会田健作が、その娘を殺そうとするのかね？　手術のために金を出したのなら、命の恩人じゃないか？」

「私は、そこはこう考えます。手術が成功したその娘が、十八歳になったとすると、その間のいきさつについて、薄々、感づいたのではないかと思うのです。ですから、殺しを頼んだ会田健作にしてみれば、その娘に、しゃべられるのが怖い。いっそのこと、口を封じてしまえば安心だと考えているのかもしれません。そんないきさつで、鹿島源太は娘を守るために脱走したのだと、私は考えます」

と、十津川がいった。

捜査会議の途中で、十津川の携帯に電話が入った。電話の相手が、女優の野々村亜紀だと知って、十津川は三上刑事部長に断り、会議の席を外して携帯に出た。

「先ほどの高原の名前は思い出せないんですけど、その高原には、列車に乗っていくことを思い出したんですよ」

「ぜひ教えてください」

「たしか、山梨や長野を走っている列車で、小海《こうみ》線という名前でした。警部さん、ご存じ？」

「知っています」

「思い出したのは、それだけなんですけど、これでもお役に立ちますかしら？」

亜紀がきく。

「もちろん役に立ちます。ありがとう」

と、十津川が、いった。

第四章　小諸の駅

1

十津川は、日本地図を広げて、小海線に目をやった。

小海線は、中央本線の小淵沢《こぶちざわ》駅から旧信越本線の小諸《こもろ》駅までをつなぐ、全長七八・九キロのローカル線である。

地図で見ると、小海線の周囲には、浅間山《あさまやま》、蓼科《たてしな》、八ヶ岳《やつがたけ》、あるいは、甲斐駒ヶ岳《かいこまがたけ》などといった山々が連なっていて、その山々を縫うようにして走る、いわゆる高原列車だ。

さらにいえば、小淵沢から清里《きよさと》までは、山梨県だが、次の駅から終点の小諸までは、長野県である。

亀井刑事が、十津川の横から地図を覗《のぞ》き込んで、

「警部、やはり一度、小海線に乗ってみますか？」

「そうだな。少なくとも一度は、乗らざるを得ないだろうね。私は、しばらく小海線に乗ったことがないんだが、カメさんはどうなんだ？　最近、乗ったことはあるのか？」

「ありますよ。ウチの息子は、警部もご存じのように、根っからの鉄道マニアで、小海線には、野辺山《のべやま》という日本でいちばん標高の高い駅があるんだそうで、その駅に行ってみたい。息子がそういうので、三年ほど前、夏休みに一度、連れていったことがあります。小海線には、清里という駅があるんですが、昔は若者の軽井沢《かるいざわ》と呼ばれて賑《にぎ》やかだったこともあるそうですが、最近では、元の静けさに戻ったみたいです」

と、亀井がいう。

「その清里というところに、ぜひ行ってみたいね」

十津川が、いった。

「警部は、清里の何に、興味をお持ちなんですか？」

「小海線の資料を見ていたら、清里の駅の近くに、大きな病院、というよりも、大きな療養所があると書いてあったんだ。難病を克服した患者は、そこでしばらくの間、療養するらしい」

「もしかすると、鹿島源太の娘が、その療養所にいるのではないかと、お考えなんですね？」

「そうなんだ。今も、鹿島源太の娘が、その清里の療養所にいるかどうかは分からないが、行ってみれば、何か分かるかもしれないからね」

と、十津川が、いった。

2

二人は、新宿から中央本線に乗り、まず小淵沢に向かった。小淵沢で小海線に乗り換える。

亀井刑事によれば、清里は昔、軽井沢のような賑わいだったというが、今日はウィークディで、その上、小海線沿線にとって、いちばんの観光シーズンといえる夏には、まだ程遠いので、車内はガランとしていた。

可愛らしい白塗りの、二両連結のジーゼルカーである。

小淵沢から出発して、三つ目の駅が清里だった。その次の駅の野辺山が、日本の駅の中では、最も標高の高いところにある駅とのことだが、清里駅もかなりの高所にあった。

昔、清里は、テニスやサイクリングを楽しむ、若者たちで賑わったという。十津川も、週刊誌か月刊誌の記事で、清里駅の近くをゾロゾロ歩く、テニスウェア姿の若者たちの写真を、見たことがあった。

しかし、今日は、そんな若者たちの姿はなく、清里で降りた乗客は、十津川と亀井の二人だけだった。

清里駅は、面白いデザインの駅舎である。白一色に塗られ、何かオモチャの駅のようにも見える。

駅舎から外に出ると、爽《さわ》やかというよりも、冷気といったほうがいいような、冷たい空気が、十津川と亀井の二人を押し包んだ。さすがに高所にある駅である。

なぜか、駅には、黒い蒸気機関車が飾ってあった。以前、小海線にはSLが走っていたのだろうか？

駅が高いところにあるので、道路は下り坂である。その坂道のところどころに、民家があるのが見えるが、人通りはなく、車の音も全く聞こえてこない。

十津川は、携帯でタクシーを呼び、それに乗ることにした。

「この近くに、病院というか、療養所がある筈《はず》なんだが」

十津川がいうと、運転手は、あっさりと、

「お客さんのいっているのは、おそらくY病院でしょう」

と、いった。

タクシーで駅から五、六分ほど走ったところに、シラカバ林に囲まれた病院が見えてきた。これがY病院だと、運転手が教えてくれた。

円形の、三階建ての病院である。

十津川と亀井は、受付で警察手帳を示した。

「院長先生にお会いしたいのですが、いらっしゃいますか？」

院長は、所用で出かけているということで、十津川たちに応対してくれたのは、三十代に見える若い副院長だった。名前は、田中《たなか》だという。

「ある事件の捜査に関係して、私たちは今、一人の女性を探しています。年齢は十七歳か十八歳くらいで、これも多分ですが、鹿島という苗字《みょうじ》だと思うのです。名前のほうは分かりません。難病の手術を終えた後、こちらに来て療養していたのではないかと思うのですが、こういう条件に該当する女性の患者さんは、こちらにいませんか？」

十津川が、きいた。

「十七、八歳の若い女性の患者さんで、鹿島という苗字だけで、フルネームは分からないのですね？」

　田中副院長が、きく。

「残念ながら、フルネームは分かりません」

「その女性の写真か何かをお持ちですか？」

「彼女の写真はありませんが、おそらく、この男性の顔に似ていると思います」

　十津川は、持参した鹿島源太の写真を、田中副院長に見せた。

　副院長は黙って、鹿島源太の写真をじっと見ていたが、

「もしかすると、あの鹿島さんかもしれませんね。ウチには、鹿島という女性の患者さんが二人いたんですが、そのうちの一人かもしれません」

「その患者は、この写真の男性に似ていますか？」

　横から、亀井がきいた。

「ええ、かなり似ています。特に、目元の感じなんかそっくりですよ。これを見る限りでは、親子のように見えますが」

「その女性の患者さんに、会わせていただけませんか？」

「それが先日、退院されてしまいまして、今は、こちらにはいないのですよ」

と、副院長がいった。

「すでに退院した？　いつのことですか、それは？」

「ええと、たしか、四月の七日だったと思いますが」

といいながら、田中副院長は、手帳のページを繰っていたが、

「やはり、そうでした。四月七日で間違いありません。病院に電話がかかってきて、その後、慌てたように退院されました」

十津川は、頷《うなず》いた。その日は、鹿島源太が、東京の府中刑務所から脱走した日だったからである。

「こちらに、その女性の写真はありませんか？」

「たしか、あったはずです」

副院長はいい、事務局長を呼んで、その女性の写真を持ってくるように指示した。
五、六分すると、事務局長が、一枚の写真を持ってきて、十津川と亀井の前に置いた。
「この女性が、鹿島さんです」

副院長が、いう。

それは、椅子に腰を下ろして、日向《ひなた》ぼっこをしているような感じの、若い女性の写真だった。

写真の左隅には、「鹿島理恵《りえ》」というラベルが貼ってあった。

たしかに、田中副院長がいっていたように、目元が鹿島源太によく似ていると、十津川も思った。これなら、彼女が鹿島源太の娘だと考えて、おそらく間違いないだろう。

「この鹿島理恵という女性ですが、病気は完治していたのですか？」

「と、いいますと？」

「つまり、四月七日に退院してもよかったのか、それとも、退院せずに、その後も療養していたほうがよかったのかということなんですが？」

「医者として申し上げれば、少なくとも今年いっぱいはここにいて、療養を続けていてほしかったのです。しかし、一応、健康な人と同じように行動出来るし、外出も自由でした。遠くには行かないようにとは、いいましたが。体重も正常に戻っていたので、本人から退院したいという申し出があれば、許可しないわけにはいきませんでした」

「彼女がここを退院してから、どこに行ったのか、田中先生は、もちろんご存じですよね？」

亀井がきくと、田中は、

「それが、分からないのですよ」

「分からない？　しかし、今、田中先生は、出来れば、今年いっぱいは、この病院にいて、療養を続けたほうがよかったといわれたじゃないですか？　つまり、先生としては、彼女の病気は完治したわけではなくて、まだ心配だったわけでしょう？　それなのに、退院した後の彼女の行き先を、ご存じないんですか？」

少しばかり厳しい目になって、十津川がきいた。

「刑事さんに、そういわれると、返す言葉がないのですが、実は一人だけ、鹿島理恵さんの行き先を知っている女性がいたんです」

「それなら、その女性の名前と住所を教えてください」

「それがですね、彼女は、亡くなってしまったんです」

と、田中副院長がいう。

「そのことを、もう少し詳しく話していただけませんか？」

「鹿島理恵さんが、ウチの病院に来た時からずっと、彼女の面倒を見てきた看護師長がいるんです。小田成子《おだせいこ》という師長なんですが、鹿島理恵さんが退院する時、小田師長は、自分の車に乗せて、彼女を送っていったんです。というのも、このところ、鹿島理恵さんが外出中に、車に轢《ひ》かれそうになったり、道路に突き飛ばされたりと、おかしなことが続いていたんです。もう夕方に近かったので、師長には、そのまま自宅に帰ってもいいよと、いっておきました。ところが、翌日の昼近くになっても、出勤してこないのです。彼女は仕事熱心な人で、無断欠勤をするような人では絶対にないので、何となく心配になって、私は、彼女の自宅マンションに、様子を見に行ったのです。そうしたら、部屋の中で、小田師長が死んでいたんです。そんなことで、鹿島理恵さんを、車でどこまで送っていったのかも、分からなくなってしまいました」

「その師長さんは、小田成子さんとおっしゃるんですね？　田中先生は今、彼女が自宅マンションで亡くなっていたといわれましたが、それは病死だったのか、それとも、何かの犯罪に巻き込まれて亡くなったのか、どちらだったんですか？」

「血だらけでしたから、警察は、何者かに殺されたと考えているようで、今も捜査を続けています。ただ、犯人は、まだ見つかっていませんが」

「そうですか。話は変わりますが、私たちと同じように、ここに、鹿島理恵さんを訪ねてきた男がいると思うのです」

十津川は、もう一度、鹿島源太の写真をよく見てくれるようにと、田中副院長にいった。

「もしかすると、この男が、こちらに来たと思うのですが」

十津川がいうと、副院長は、ビックリした目になって、

「まさか、刑事さんは、この男が、ウチの小田師長を殺したとおっしゃるんじゃないでしょうね？」

「それは違うと思いますよ。この写真の男性は、四月七日に突然退院した、鹿島理恵さんの父親ですよ。父親として、ここに娘に会いに来たに違いない。われわれは、そう思っているのですが、どうですか？」

十津川が、きいた。

「ええ、たしかに、お見えになりましたよ」

「それで、やはり、鹿島理恵さんのことをきいたんですね？」

「ええ、鹿島理恵という女性の患者が、こちらで厄介になっている筈《はず》だといわれたのです。ですから、病気もよくなったので、四月七日に退院したことをお教えしましたけど」

急に、田中副院長の話し方が何となくおかしくなった。奥歯にものが挟まったような、そんないい方になっている。

「亡くなられた、師長の小田成子さんでしたね？　その師長さんのことも、もちろん話されたんでしょうね？　退院する時、鹿島理恵さんを、自分の車で送っていったの

は、小田師長さんだったんですからね。当然、そのことは、この男性に話したんでしょう？」

「いや、話しませんでした」

「どうしてですか？」

「この写真の男性がですね、自分は、退院した鹿島理恵さんの父親だということもいわなかったし、それに、何やら殺気立っていて、人殺しでもしかねないような、そんな顔つきでした。それで用心して、師長のことは、何も話さなかったんですよ」

と、田中副院長が、いった。

「この鹿島源太ですが、何月何日の何時頃、こちらに来たんですか？」

亀井がきいた。

田中副院長は、壁にかかっていたカレンダーに目をやってから、

「四月七日の深夜でした」

「深夜というと、小海線は、もうすでに、最終列車が出てしまっていたのではありませんか？」

「そうですよ。ですから、車に乗ってやって来たんです」

「それは、間違いありませんか？」

十津川がきくと、副院長はニッコリして、

「ええ、間違いありません。どうにも怪しげな男だったので、彼が帰る時、窓からこっそり見ていたんですよ。そうしたら、この病院の前に、一台の車が停めてあって、男はその車に乗り込んで、走っていってしまいました。それで、間違いないと申し上げたんです。その車が山梨ナンバーだったので、師長が殺された後で、警察にその車のことを話したら、盗難車だと分かりました。ですから、あの男は、少なくとも車の窃盗をやっています。私が怪しげな男だなと感じたのは、当たっていたわけですよ」

副院長がいった。

それでも、この田中という副院長は、鹿島源太が、四月七日に、府中刑務所を脱走したことは知らないようだった。

「そのほか、この男について覚えていることはありませんか？　どんなことでも構わないのですが」

「そうですね。四月七日の日に、私はたまたま当直だったので、その男に応対したのですが、今も申し上げたように、妙に殺気立っていて、怖かったですよ。それでも、私は一応、何か困っていることがあったら話してくださいと、いったのです。半分本気で、半分はウソで」

「そうしたら、男はどういいました？」

「小海線の沿線の地図があったら、欲しい。いくら高くても買うというんですよ。その時、たまたま小海線沿線のパンフレットがありましたので、それを渡しました。もちろん、代金なんて取っていませんよ」

副院長は、ちょっと間を置いてから、急に、

「実は」

と、十津川にいった。

「何でしょうか？」

「やはり、正直にお話ししましょう。実は、この男性にですが、小田師長のことを話してしまったんですよ。あまりにもしつこく、退院した女性のことをきくので、仕方なく、師長が車で送っていったことを、話してしまいました」

「さっきは、何も話していないといわれたのに、どうして、急に話す気になったんですか？」

「じつは、翌朝にも、三人の男がやって来て、脅されて小田師長のことを話してしまったんです。私が、小田師長のことを話したために、彼女が殺されてしまったのではないか？　そう思われるのが、怖かったんですよ。しかし、あなた方は警察の方だか

ら、やはり、正直に、お話ししておいたほうがいいだろうと、そう思いましてね。思い切って、お話しすることにしたんです」

と、田中副院長が、いった。

それで、さっき副院長が不審な態度に見えたことが、理解出来た。

十津川たちは、鹿島源太が副院長からもらっていったという、小海線沿線の情報が書かれたパンフレットを、自分たちももらってから、Y病院を後にした。

3

二人は、小淵沢警察署に行き、小田成子という看護師長が殺された事件について、きいてみることにした。

小淵沢警察署には、この事件の捜査本部が置かれていた。そこで、十津川と亀井は、師長殺しの捜査を担当している磯村《いそむら》という警部に会った。

十津川が、東京から鹿島源太を追ってきたことを告げると、磯村警部は頷《うなず》いて、

「鹿島源太という男が、釈放される一週間前に、府中刑務所を脱走したことは聞いています。十津川さんは、その鹿島源太が、清里でY病院の師長を殺したと思われるん

ですか？」

「いや、それは何ともいえませんが、少なくとも、脱走した鹿島源太が、Y病院に娘を訪ねていったことは、間違いありません。鹿島源太という男の、自分の娘に対する愛着は、大変なものだと思うのです。その娘が危ないと思うと、残り一週間の刑期も顧みず脱走し、この小海線の清里に訪ねてきたわけですから」

「殺された小田師長についてですが、鹿島源太や三人の男に、病院の田中副院長が、彼女のことを教えたというのは、本当ですか？」

　磯村が、きく。

「副院長は、最初、われわれにも黙っていました。後になってから急に、警察には本当のことを話したほうがいいと思ったといって、鹿島源太と男たちにきかれて、師長のことを話してしまったと、いったんですよ」

「副院長は最初、どうして、黙っていたんでしょうかね？」

「彼がいうには、自分が、小田成子という師長のことを教えたために、彼女が殺されてしまったのではないか？　そう思われるのがイヤだったといっていましたね。だから、磯村さんには、話さなかったんだろうと思いますね」

「もし、田中副院長が、不審に思って警察に通報してくれていれば、こちらですぐ対応出来ましたよ。多分、それで小田師長は殺されずに済んだと思いますね。人一人を、むざむざ死なさずに済んだんです」

磯村が、目をむいた。

明らかに、Y病院の田中副院長に対して、磯村が、腹を立てていることが分かった。

「殺された小田成子の写真を見たいのですが」

と、十津川が、いった。

磯村は、すぐ検視の時の写真を何枚か持ってきて、十津川と亀井に見せてくれた。

その数枚の写真を見ると、殺された小田成子の顔は、何回も殴られたらしく、血だらけで、鼻が曲がってしまっていた。

「犯人は、かなりしつこく殴ったみたいですね」

亀井がいうと、磯村は、

「司法解剖の結果ですが、鎖骨も折れていたようです。それに、脇腹にも殴られた痕《あと》がありましたから、犯人に相当ひどく殴られたと見ていいでしょうね」

「拷問されたんでしょうか？」

「そうですね。われわれも、それを考えました。十津川さんがいわれたことを考えに入れると、犯人は、Y病院を退院した鹿島理恵の行方を知りたくて、こんなに手ひどく、師長を殴ったものと思われます。師長が自分の車で、鹿島理恵をどこまで送っていったのか、それを知りたかったんだと思いますね」

と、磯村はいったあと、今度は十津川に向かって、

「鹿島源太というのは、どんな男なんですか？」

「そうですね。合気道、空手、剣道、柔道の四つの武道と、ボクシングをやっていて、身体はすこぶる頑健に出来ている男です。今から七年前に、六本木のクラブで酒に酔い、ほかの客とケンカになって、そばにあった果物ナイフで、その客を刺し殺してしまいました。懲役十年の刑を受けて服役していたんですが、模範囚となり、刑期よりも三年早い七年目に、刑務所を出る予定になっていたんです。その刑期満了の一週間前に、看守を殴って刑務所を脱走しました。そういう男です」

「どうして、刑期満了のわずか一週間前に脱走したんですか？　あと一週間我慢すれば、正々堂々と刑務所を出られたわけでしょう？」

「それは、自分の娘、鹿島理恵に危機が迫っていると知ったので、脱走を決意したんだろうと思っています」

「それはつまり、愛する娘のためなら、どんなことでもする。脱走でも、殺人でもやってのける。そんな感じに、私は受け取ったのですが、十津川さんは、どう考えてお

られるんですか？」

　と、磯村がきいた。

「その点は、私も、磯村さんと同じように考えていますよ」

「娘のために、鹿島源太が、どうして府中刑務所を脱走したのか？　それは今、十津川さんの話で分かったんですが、元々の原因は、何だったんですか？　十津川さんは、七年前に、鹿島源太が人を殺したといわれたが、話の経緯が分かりにくいのですが」

　と、磯村がいう。

　十津川は、もう一度、七年前の事件のことを簡単に説明してから、

「これは、あくまでも私の勝手な想像なので、そう思って聞いてください。七年前、鹿島源太は、六本木のクラブで、酔った挙句に、同じ店にいた男を刺して殺してしまったことになっていますが、本当は、誰かに頼まれて、酔ってケンカになったふりをして、男を殺したのではないか？　要するに、金をもらって、殺人を引き受けたのではないかと思うのですよ。実は鹿島の娘が、難病を患っていましてね。父親の鹿島源太は、何とかして娘を助けたかった。その難病を研究している医者がいるのですが、その医者に診てもらうためには、どうしても金がかかります。そこで、鹿島源太は決心したのではないか」

「つまり、殺人を引き受けた代償として、一人娘の手術代を、相手に払わせた。そういう理解でいいのですか？」

「その通りです。鹿島源太は、娘を助けたい一心で、ある人間から依頼された殺しを、引き受けたのではないかと、私は考えているのです」

「なるほど。一人娘のためには、刑務所からの脱走ぐらい、平気でやる男ということですね」

「その通りです。ただ、鹿島源太にしてみれば、自分が刑務所に入っている間は、どうしても娘のことが心配になってくる。そこで彼は、一人の監視役を雇ったんですよ。情報屋ですが、その男が鹿島源太の娘を見張っていて、もし、何か危険が生まれたら、暗号文ですぐにそれを知らせる。そういう約束になっていたらしいのです。そんな手紙が、刑務所の中にいた鹿島源太のところに、届いたのですよ。自分の娘が、何か危ない目に遭っている。それを知らせる手紙です。そこで鹿島源太は、刑期が残っているのに、府中刑務所を脱走し、清里にやって来たのです。そこのY病院に、彼の娘が入院していたからです」

「十津川さんは、鹿島源太は、今どこにいると思いますか？」

磯村がきいた。

捜査本部の壁には、小海線沿線の地図が貼ってある。十津川は、その地図に目をやりながら、

「具体的な場所は分かりませんが、今、娘の鹿島理恵を追っていることだけは、間違いありません。一刻も早く見つけ出して、自分の手で守ってやりたいと思っている筈《はず》です」

十津川は、司法解剖の報告書に目をやっていたが、顔を上げると、

「ここには、死因は、殴られたことによる、ショック死とありますね？」

「そうですよ。顔が変形するほど、殴られてしまっていましたからね。ですから、犯人が彼女を拷問したことは、まず間違いないと思うのです」

「なるほど」

「十津川さんに、おききしたい。師長の小田成子さんを殺したのは、鹿島源太だと思われますか？」

磯村が再度、同じ質問をした。

「正直にいって、それはまだ分かりませんが、その可能性はあると思いますね。何しろ、鹿島源太という男は、一人娘の理恵のためなら、人殺しでも何でもするような男ですからね。だから、鹿島源太がこの小田師長を捕まえて、娘のことをきいた時、も

し師長のほうが鹿島を信頼出来なくて、何も話さなかったとしたら、何とか娘のことを知ろうとして、師長を殴り続けたというのは、十分に考えられると思います。しかし、鹿島源太が理恵の父親だと分かったら、小田師長は、理恵をどこで車から降ろしたか、今彼女がどこにいると思うかを、簡単に教えていたと思うのですよ。それを教えないから拷問したのだとすれば、鹿島源太が理恵の父親だということが、小田師長には、分からなかったことになる。疑わしいのは三人の男のほうです」

「鹿島源太は、今から七年前に逮捕されたといわれましたね？」

磯村警部がきく。

「そうです。殺人を犯して十年の刑になったのですが、模範囚だったので、三年刑期が短くなりました」

「今から七年前というと、その当時は、今ほど携帯電話は普及していなかったんじゃありませんか？」

「そうですね」

「それで、現在、鹿島源太は、携帯を持っているんでしょうか？」

「ずっと刑務所に入っていましたから、おそらく持っていないのではないかと思いますが、誰かに借りたことも考えられます」

十津川は、ちらりと天野清美の顔を思い浮かべた。

「四月七日にY病院を退院した鹿島理恵のほうは、どうでしょうか？　携帯を持っているると思われますか？」

「当然、持っていると思いますよ。彼女は入院していましたが、囚人というわけではありませんから。それに、今の若い女性ですから、ごく普通に携帯を持っていた筈だと考えます」

「理恵が携帯を持っていて、父親の鹿島源太のほうも携帯を持っていれば、連絡を取り合っていると考えられますね。そうなると、二人がどこかで落ち合って、行方をくらましてしまうことも、考えられるんじゃありませんか？」

と、磯村がいった。

「しかし、今日Y病院に行って、田中副院長から、理恵が退院した時の話を聞いてきました。何でも、外から電話がかかってきて、その後、突然退院したのだといっていましたが、その電話が、鹿島源太がかけてきたのかどうかは分かりません。ただ、その電話は病院にかかってきたのであって、鹿島理恵の持っている携帯にかかってきたのではないのです。もし、鹿島源太が娘の携帯の番号を知っていれば、四月七日には、直接、娘の携帯にかけたと思いますね。ですから、その時点では、鹿島源太は娘の携帯の番号を、知らなかったのではないかと思えます」

「なるほど」

「清里のY病院は、シラカバの林の中にある円形の建物で、病院というよりも、療養所という感じでした。鹿島理恵は難病の手術をして、手術後の療養のために、清里のY病院に入ったと思われます。外出は自由だったと、副院長はいっていました。ただ、何といっても、難病を克服した後ですから、遠くには行けません。遠くには行かないようにと、病院側でもいっていたそうですから、多分小海線の沿線を列車に乗ったり、歩いたりするぐらいで、小海線沿線以外のところには、怖くてなかなか行けなかったのではないかと思うのです。今回、どこへ行ったにしろ、それは小海線の沿線ではないかと、私は想像しているのです」

「父親の鹿島源太も、十津川さんと同じように考えて、小海線の沿線で、娘の行方を探しているということになりますか？」

「おそらく、そういうことになるでしょうね。四月七日に退院する時、殺された小田師長は、自分の車で鹿島理恵を送っていったそうです。その時、どこで鹿島理恵を降ろしたのかを想像してみると、いちばん可能性が高いのは、病院に近い清里駅ではなかったかと思うのですよ。これが東京だったり、名古屋だったりすれば、探すのに苦労しますが、降ろした先が清里駅ならば、鹿島理恵はまだ、小海線の沿線にいると考えて、いいのではないかと思いますね」

と、十津川が、いった。

4

「もう一つ、十津川さんに、おききしたいことがあります」

磯村がいった。

「磯村さんがおききになりたいのは、今から七年前の殺人事件のことではありませんか？」

「そうなんですよ。鹿島源太がいったい誰を殺したのか、誰に頼まれて殺しを引き受けたのか、それが分かっているのなら、教えていただきたいのですが」

と、磯村がいった。

「今から七年前、六本木のクラブで鹿島源太に刺し殺されたのは、木下秀雄という、自称経営コンサルタントの男です」

「自称経営コンサルタントというと、何となく怪しげな人物のように思えますが、どんな人間なんですか？」

磯村がきく。

その言葉に、十津川は苦笑した。

「たしかに、磯村さんがおっしゃるように、木下秀雄という人間を調べてみると、かなり胡散臭《うさんくさ》い男です。政界や財界の大物に食い込んでいて、やたらに金儲《かねもう》けのうまい男だったことは間違いないですね。彼の周りには、チヤホヤしてくる人間がたくさんいましたが、その分、敵も多かったんですよ。彼に騙《だま》されて、二千万、三千万という大金を奪い取られたという人間が、何人もいますからね。その中の一人が、木下秀雄のことを恨んで、殺しを鹿島源太に頼んだのではないかと思いますね。七年前の夜、鹿島源太は、六本木のクラブで酔ったふりをして、その木下秀雄という経営コンサルタントにわざと絡んで、ケンカに見せかけて殺したのだと、私はそう考えています」

「鹿島源太が、木下秀雄の殺しを引き受けたのは、全て金のためということですか？」

「その通りです」

「たしかに、話としては理解出来ますが、いくら金のためとはいっても、自分とは全く関係のない人間を殺すことが、出来るんでしょうか？」

「鹿島源太は、そういうことが出来る男なんですよ。鹿島源太は、理恵を認知していました。その娘は、難病にかかっていました。その難病を治すためには、いわゆる神の手を持った医者の手術が必要だったんです。その医者の手術を受けるには、何千万円もの大金を用意しなければいけません。鹿島源太は、娘のために私立探偵の仕事をやったり、ボディガードのような危険な仕事もやっていたんです。そんな鹿島源太のことを犯人が知って、その手術代を全額出すから、木下秀雄という経営コンサルタントを殺してくれと頼んだんでしょう。ただ、鹿島源太は、別に殺人鬼というわけではありませんし、そんな凶暴な男だとはとても思えません。ですから、殺すことのためらいよりも、娘の難病を治したいという気持ちのほうが、強かったのだと、私は思っているのです。そこで、娘を入院させて、手術を受けさせるために、七年前、六本木のクラブに、木下秀雄が時々遊びに来るというので、彼を待ち伏せ、酔ったふりをしてケンカを吹っかけたのでしょう。あたかも偶然のようなふりをして、木下秀雄を殺してしまったんです。つまり、そういう事件なんですよ」

十津川は、何回も同じ話を繰り返した。自分にいい聞かせたのだ。

「鹿島源太に殺しを頼んだ人間は、誰だか分かっているんですか？」

磯村も、同じ質問を繰り返した。

「残念ながら、まだ分かっていません。さっきも申し上げたように、殺された木下秀雄には、彼のことを恨んでいる敵が、たくさんいましたからね」

十津川がいった時、磯村の携帯が鳴った。

「失礼」

といって、磯村は何やら携帯に向かって話していたが、携帯を切ると、十津川に向かって、

「今やっと、これはと思える情報が、一つ入りましたよ」

「どんな情報ですか？」

「小海線の終点は小諸なんですが、その駅の伝言板に、鹿島源太のものと思われる書き込みがあったそうです。これから、小諸駅まで行ってみましょう」

磯村が誘った。

それに対して、十津川は、

「お供させていただきたいが、出来れば車ではなくて、小海線に乗って、その小諸駅まで行きたいのです」

「どうして、列車で行かれるのですか？　車ではダメですか？」

「私は小海線に乗るのは久しぶりですし、こちらの亀井刑事も、最近は、一度しか乗

っていません。ですから、小海線の雰囲気を知りたいのです」

と、十津川がいった。

山梨県警の磯村は、それに応じて、小淵沢から小海線に乗ることを承諾してくれた。

5

十津川たちが乗ったのは、今回も二両編成のジーゼルカーである。

発車すると、地元の磯村が、小海線について簡単に説明してくれた。

「この小海線という路線は、元々は私鉄でした。私鉄だった頃も、今と同じようにジーゼルでしたが、客車はかなりのオンボロだったようですよ。その後、国鉄になって、今はJRになりましたが、同じジーゼルでも、ご覧のように、格段に新しくきれいな車体になりました。駅舎もきれいになったんですよ」

三人を乗せた二両連結のジーゼルカーは、先ほど十津川たちが降りた清里を過ぎて、野辺山駅に停まった。

駅のホームには、この駅が、日本一高いところにある駅だと書かれた標識が見えた。その高さは、一三四五・六七メートルとあった。

十津川は、しばらくの間、黙って窓の外に目をやっていた。

周りには畑が見え、その向こうには山の稜線《りょうせん》が見えた。その中を走る二両編成のジーゼルカーは、いかにも高原列車という感じである。

中込《なかごみ》という駅に停まる。磯村警部が、説明をしてくれる。

「昔は、小諸からこの中込までしか線路がなかったそうです」

時々、客の乗り降りがあるのだが、ほんの数人である。

佐久平《さくだいら》に停まる。ここでは多くの乗客が降りたし、多くの乗客が乗り込んできた。

この佐久平は、新幹線の停車駅でもある。だから、ここから新幹線に乗る人もいるし、新幹線から降りて、小海線に乗ってくる人もいるのだろう。

「終点の小諸に、新幹線が停まるようになればよかったんですけどね」

残念そうな顔で、磯村警部がいう。

終点の小諸に着いた。

三人で駅舎の中を探すと、期待していたものが見つかった。

伝言板の中に、チョークでこう書かれてあった。

「理恵ちゃんへ。大至急連絡を乞《こ》う」

その下に、携帯と思われる番号が書いてあった。

6

「鹿島源太の名前は、どこにもありませんが、これはどうやら、鹿島源太が書いたもののようですね」

十津川が断定した。

「そうですね。鹿島源太の書いたものと考えて、まず間違いないでしょう。それで、娘の鹿島理恵は、この携帯に電話をかけてみたのでしょうか？」

「いや、多分、まだかけていないだろうと思います」

と、十津川がいった。

「どうして、そう思われるんですか？」

磯村がきく。

「この伝言板の書き込みですが、鹿島源太は、相当のリスクを感じながら、書いたと思いますね。何しろ、娘の鹿島理恵を殺そうという人間が一人なのか、二人なのかは分かりませんが、その連中たちも、彼女のことを探し回っている筈《はず》ですからね。だから、もし連絡を取ることが出来たとしたら、危険なこの伝言板の文字は、消してしまうのではないでしょうか？　それが、いまだに書かれたままになっているということは、二人がまだ、連絡が取れていないからではありませんかね」

十津川がいうと、磯村も頷《うなず》いて、

「たしかに、そうですね」

亀井が自分の携帯を取り出して、伝言板にある番号に、かけてみることにした。

最初、応答がなかったが、しばらく待っていると、相手が電話に出る気配があった。

そこで、亀井が、

「もしもし」

というと、途端に、相手は電話を切ってしまった。

「あ、切れてしまいました」

亀井が舌打ちすると、十津川は苦笑して、

「カメさん、ダメだよ。カメさんが声を出したから、相手の鹿島源太は、娘の鹿島理恵と違う男の声だと知って、慌てて切ってしまったんだ」

「たしかに、失敗でした。しかし、私が電話をかけたら、相手は電話に出ました。私が、もしもしといった途端に、相手は電話を切ってしまいましたが、それはつまり、鹿島源太は、まだ娘の理恵からの電話を待っている。二人は、まだ連絡がついていないということの、証明じゃありませんか？」

と、亀井がいった。

「たしかに、亀井刑事のいう通りですね。すでに娘の鹿島理恵と連絡が取れていたら、もう電話に出る必要はないんですから」

磯村警部が、少しばかり興奮した口調でいった。

磯村はすぐ、小淵沢の捜査本部に電話をかけ、若手の刑事二人を、小諸に至急寄越すようにと伝えた。

しばらくすると、県警の若い刑事二人が、パトカーを飛ばしてやって来た。

磯村は、その二人に、伝言板の書き込みを見せて、

「しばらくの間、この伝言板を監視しておくように」

と、いった。

「もし、鹿島源太や、鹿島理恵と思われる人物が来たら、すぐに身柄を確保して、捜査本部に連行してくれ」

その後、磯村は十津川と亀井に向かって、

「十津川さんたちは、これから、どうされますか？」

「もう一度、小海線に乗って、小淵沢まで行ってみたいと思っています。もう少し、小海線の雰囲気を味わいたいのです。何か気がつくことが、あるかもしれませんから」

と、十津川はいった。

「そうですか。私は遠慮します。毎日乗っているので」

磯村が笑う。

十津川たちは、磯村と別れて、もう一度、二両編成の小海線に乗り、反対側の終点、小淵沢に向かった。

少しばかり日が陰ってきた。外の空気がヒヤッとする。その空気の中を、二人を乗せたジーゼルカーは、小淵沢に向かってゆっくりと出発した。

何の事件も起こらず、二両編成のジーゼルカーは、小さな駅に次々に停まって進んでいく。

列車が、日本一の標高を誇る野辺山駅に着き、再び列車が動き出したその時、突然、亀井刑事が、

「あっ、鹿島源太だ！」

と、大声で怒鳴った。

十津川が、えっという顔で、亀井を見ると、

「ホームですよ。ホームに、鹿島源太がいたんですよ」

また、亀井が大きな声で叫ぶ。

十津川は、体をねじるようにして、窓の外に身を乗り出して目をやったが、その時にはすでに、列車は野辺山駅のホームを離れてしまっていた。

「間違いないのか？　本当に、鹿島源太がいたのか？」

十津川がきく。

「間違いありません。どう見ても、鹿島源太です！」

はっきりとした口調で、いいながら、亀井が十津川を見た。

「彼は一人だったのか、それとも、娘と一緒だったのか？」

「一人でした。離れた場所に、娘の理恵がいたのかどうかは分かりませんが、ホームにいたのは、間違いなく、鹿島源太一人だけでした」

亀井がいった。

「鹿島源太は、どうしてホームにいたんだ？　もし、娘と待ち合わせをしていたとしても、列車が接近してきたら、どこかに隠れているべきだろう。何しろ、彼は刑務所

を脱走してきた身で、警察に追われているんだからな」

　十津川がいう。

「ひょっとすると、娘の理恵と連絡がついて、野辺山駅で落ち合うことになっていたのかもしれません」

　と、亀井がいう。

　その時、乗客の一人が、突然立ち上がると、携帯に向かって、大声で叫んだ。

「磯村警部！　野辺山駅のホームに、鹿島源太を発見！　一人です」

　いつの間にか、県警の刑事が、同じ車両に乗っていたのである。

　次の駅に着くと、十津川と亀井は、すぐに列車を降りた。二人は駅前からタクシーで、野辺山駅に向かった。

　やっと野辺山駅に着くと、急いでホームに出た。

　しかし、十津川が想像していた通り、野辺山駅のホームには、すでに鹿島源太の姿はなかった。

　結局、鹿島源太と理恵の行方はつかめず、十津川と亀井は東京に戻った。

第五章　三人プラスワン

1

警視庁捜査四課から、十津川宛てに電話が入った。十津川がずっと待ち望んでいた連絡である。

七年前、鹿島源太に木下秀雄を殺すように頼んだのは、会田健作、現在六十七歳だろうと、十津川は見ていた。

しかし、その会田健作が、鹿島源太に殺人を依頼したという証拠は、今のところ全くない。

先日、情報屋の田所文雄が殺されたが、会田健作には、はっきりしたアリバイがあった。

それでも、今回の事件も、会田健作が誰かに金を払って、殺しを頼んだに違いないと、十津川は思って、捜査四課に捜査を依頼していたのである。

捜査四課から電話で伝えられた情報は、こうだった。

「西新宿の雑居ビルに、Kオフィスという会社があります。このKオフィスがやっている主な事業は、人材派遣です。現在、会田健作は、このKオフィスの相談役もやっていますが、十年前にKオフィスが出来た時からずっと、相談役を務めているそうです」

と、四課の三浦《みうら》警部がいった。

「なぜ、会田興業の社長の会田が、Kオフィスの相談役を？」

「実質的なオーナーなんです。会田が、神山原発のような危険な仕事に手を出していた。そんな仕事の方が金になるからです。会田は、ところが、当然、危険がつきまとう。今回の原発事故のようにです。そうなると、今度は、危険を承知の人材が必要になる。それで、今後のことを考えたK組の組長と組んで、Kオフィスを作ったんですよ」

「Kオフィスというのは、どんな会社なんですか？」

「人材派遣会社として、やってはいけないことをやっては注意を受けたり、営業停止の処分を受けたりしています。あまり、たちのよくない会社ですね」

「具体的には、どんなことをやっているんですか？」

「例えば、福島の原発事故の現場に派遣される作業員は、なかなか集まりません。危険ですからね。そんな時にKオフィスは、どこからか、かき集めてくる。つまり、今の時代の便利屋なんです。それに、政府から一人につき特別手当が出ているんですが、Kオフィスでは、そのピンハネをやっているというウワサもあります。どうしても思うように、作業員が集まらないので、Kオフィスは警告を受けながらも、今でも危険なところで働く人間を集めて、派遣しているんです。Kオフィスに代わる会社がないんです」

「そのKオフィスと、今回の事件との関係ですが、その辺は、どうですか？　捜査四課の考えをおききしたいのですが」

「このKオフィスには、今いったように、会田健作が相談役になっていますが、ほかに幹部といわれる人間が十人います。その中の三人が突然、会社に辞表を出して、Kオフィスを退社したことになっているんですが、辞めた日付が四月七日なんですよ。どうやら、この三人が、今回の事件に対応して動いていると思われます。その名前と顔写真をそちらに送ります」

捜査本部のパソコンに、三人の名前と顔写真が送られてきた。入江雄介《いりえゆうすけ》、竹田博《たけだひろし》、中村肇《なかむらはじめ》、この三人である。小諸の病院へ行ったのは、彼らだろうか。

十津川が、そのお礼をいうと、捜査四課の三浦は、

「実は、この三人のほかにも、関係している人間がもう一人いるらしいのですが、その人間のことがよく分からないのです。四月七日にKオフィスを退社したのは、入江雄介、竹田博、中村肇の三人なんですが、もう一人、Kオフィスの人間が姿を消したといわれていて、どんな人間なのか調べているのですが、はっきりしないのです」

十津川は、この情報を、新宿の部下の刑事たちにも伝えると、

「Kオフィスというと、新宿のK組と何か関係があるんですか？」

と、亀井刑事がきいた。

「四課の話では、今から十年前に、K組の組長が、今後の組のことを考えて、会田と組んで、Kオフィスを作ったといわれている。その時、組長が社長ではまずいので、お飾りの社長をおいて、会田健作を相談役に迎えたそうだ」

「では、やはり、元のK組ですね」

「カメさんのいう通り、昔のK組だよ。K組が、人材派遣会社Kオフィスという表の顔を作って、会田健作を相談役に迎えたんだ」

「十年前から、Kオフィスという会社があって、会田健作が相談役をやっていたといいますが、それならどうして、Kオフィスに頼んで、木下秀雄を消さなかったんですかね？　どうして、全く関係のない鹿島源太に頼んだんでしょうか？　そこが、分か

りませんが」

と、亀井がいった。

「Kオフィスにやらせたら、会田が相談役なのだから、すぐに彼が疑われてしまう。だから、自分とは無関係の鹿島源太に、殺人を依頼したんだと思うね。ところが、ここに来て、その鹿島源太を消さなくてはならなくなってしまった。娘の理恵の存在も不気味だ。そうなると、もう慎重に行動するだけの余裕がなくなってしまった。だから、Kオフィスの三人に頼んだ。その代わり、会田は、三人が鹿島源太と娘の理恵を追いかけている間は、どこかではっきりとしたアリバイを作っている筈《はず》だ」

「三人プラス一人というのは、何となく気になりますが、もう一人は、名前も顔も、全く分からないのですか？」

亀井が、きいた。

「四課の話では、この人物は、もともとKオフィスの人間ではないということだった。会田の秘書かもしれないし、K組の人間かもしれない。私にも分からないんだ。しかし、事件が動けば、自然に姿を現すとは思っている」

「少しばかり、面倒ですね。Kオフィスや K組と全く関係のない人間かもしれないんでしょう？　ひょっとすると、警察関係かも――」

「それは、ないと思っているがね。とにかく正体がつかめない。下手をすると、現れても気がつかないかもしれないとも、四課では見ているようだ」

と、十津川が、いった。

2

鹿島源太の携帯が、鳴った。

鹿島は車を走らせながら、携帯のスイッチを入れた。車はもちろん、鹿島源太のものではない。盗んだ車である。

「理恵か？」

と、きく。

男の声が、答える。

「お気の毒だが、あんたが待っている相手じゃない。あんたは今、どこにいるんだ？」

「そっちこそ誰だ？」

鹿島がきく。

「あんたに忠告しておこう。今からすぐ、警察に出頭して、もう一度、刑務所に戻るんだ。そうしたら、俺たちも、あんたの娘を殺す必要がなくなるから、娘は無事だ。それで、どうだ？」

「ウソをつくんじゃない。そっちが娘を殺そうとしたから、俺は仕方なく、刑務所を脱走して、娘を探しているんだ」

「そんなことをいうところを見ると、娘は、まだ見つかっていないんだな？　いいか、あんたは一人、俺たちは三人だ。あんたの娘を見つけ出すのは、どう考えたって、俺たちのほうが早い。こっちの忠告を聞かなければ、俺たちは、あんたの娘を探し出して殺す。それが嫌なら、今いったように、すぐ警察に出頭するんだ」

「こっちも、いっておくぞ」

鹿島は、負けずにいい返した。

「もし万一、娘が死んだり、ケガをしたりしたら、そっちが何人いようが、必ず一人残らず殺してやる。それだけの覚悟はしておけよ」

それだけいうと、鹿島は携帯を切った。

3

入江たち三人は、アンテナを立てたワンボックスカーの中にいた。場所は、清里のY病院の近くである。

三人は、小諸駅の伝言板で、鹿島源太の持っている携帯の番号を知った。

三人は、鹿島源太の携帯に電話をかけ、現在、その携帯の発する電波を追っていた。

「かなりのスピードで、鹿島のヤツは、移動していますね」

いちばん若い中村が、運転席にいる入江に、いった。

入江は五十歳。三人の中では、いちばんの年長者なので、このグループを入江が指揮しているといってもよかった。

「かなりのスピードで移動しているというと、列車の中か？」

「いや、そうじゃないでしょう。列車の中なら、さっき電話をかけた時に、列車の音が入っている筈です」

三十歳の竹田が、いった。

「列車ではないとすれば、車か？」

運転席で、入江がいった。

「おそらく、そうでしょう」

竹田が、いう。

「しかし、刑務所を脱走した鹿島が、レンタカーを借りられる筈はない。おそらく、この近くで盗んだ車だな」

と、入江がいった。

中村が、窓からシラカバの林の中にかいま見える、Y病院に目をやった。

「ここで見張っていれば、本当に、鹿島源太や鹿島の娘が見つかるんですかね？」

と、入江にきく。

「ああ、絶対に見つかる。いいか、鹿島源太は、この小海線の終点、小諸駅の伝言板に、娘へのメッセージを書いた。つまり、鹿島源太は、今でも小海線の沿線にいるということだ。つまり、娘の鹿島理恵も、同じように小海線の沿線にいると思って、鹿島源太は小諸駅の伝言板に、あのメッセージを書いたんだ。娘の理恵は、Y病院に長く入院して、療養をしていた。その間、ほかのところには行っていないんだ。ということは、一人で東京とか、東北とかに逃げるのが怖いんだろう。だから、小海線の沿線にいると、俺は思っている。彼女が助けを求めるとすれば、父親の鹿島源太だが、連絡が取れていないとすれば、二人が落ち合おうとするのは、Y病院だろう。娘の理恵が最も行きそうなところとなると、向こうに見える、Y病院しかないからな」

入江が、自信満々の表情でいった。

「外で、ちょっとタバコを吸ってきます」

中村はそういって、一人、車から降りていった。

ところが、いつまで経っても、中村が車に戻ってこない。

「どうしたんだ？」

入江が、竹田にきいた。

「中村のヤツ、車の中でじっとしているのが我慢ならなかったんでしょう。多分、駅に行ったんですよ」

「駅に行って、どうするつもりなんだ？」

「あなたもいったじゃないですか。鹿島の娘の理恵は、この小海線とY病院からなかなか離れられないと。だとすれば、理恵は、小海線で帰ってきて、清里で降りる可能性が強い。だから、駅で張っていれば簡単に捕まえられると、中村は思ったんですよ」

「中村のヤツ、鹿島の娘の顔を知っているのか？」

「写真を見たことがあるから、大丈夫でしょう」

「鹿島源太と鉢合わせしたら、危ないぞ」

「いや、大丈夫です」

「どうして、大丈夫なんだ？」

「あいつは、今二十八歳ですが、二十歳の時、ボクシングの四回戦ボーイだったといっていたことがあるんです。その時、ライセンスも見せてもらいました。だから、普通の人間よりは強い筈《はず》です」

「いくら四回戦ボーイだといったって、そんなもの、アマチュアとほとんど一緒だろう？」

入江が、いった。

「いや、それほど捨てたもんじゃありませんよ。いつだったか、ケンカをして、俺があいつをぶん殴ろうとした時、あっさり避《よ》けられてしまいました。四回戦ボーイといっても、さすがにプロはすごいもんだと、あの時は感心しましたね」

「しかし、鹿島源太という男も強いぞ」

と、入江がいった。

4

中村肇は、清里の駅に来ていた。

周囲は次第に暗くなり、駅には明かりがついた。今のところ、ホームには人の気配がない。

中村は、駅舎のそばで、タバコに火をつけた。火のついたタバコをくわえ、シャドーボクシングの真似をしてみる。

入江は、鹿島源太という男はやたらに強いと口にしている。

しかし、若い中村から見れば、鹿島源太が強いというのは、信じられなかった。何といっても、鹿島源太は今三十八歳である。中村のほうは、それより十歳も若い二十八歳なのだ。

それに、鹿島源太は、七年間も刑務所に入っていた。その間、運動はしていたかもしれないが、体力は明らかに弱っているに違いない。

それに比べて、中村は、自宅マンションの部屋にサンドバッグを吊《つ》り下げて、毎日それを叩《たた》いていた。

中村は、今までに酔っ払ってケンカをしたことが何度かあるが、負けたことは一度もなかった。

四回戦ボーイでも、プロはプロである。殴り合いになった時には、相手の拳《こぶし》が見えるのだ。だから、鹿島源太と争うようなことがあっても、絶対に負けはしないだろうと、中村は思っている。

しばらくすると、列車が来て停まった。しかし、誰も降りてこない。

仕方なく、中村は、二本目のタバコに火をつけた。

その時、坂を上ってくる車のライトが見えた。車は駅の近くで停まり、男が一人、降りてきた。

背の高い男である。写真で見た、あの男だった。

(鹿島源太だ)

と思ったが、中村は、別に怖いとは思わなかった。

「鹿島源太じゃないのか？」

中村のほうから声をかけた。

駅の明かりの下で、男の顔が笑ったように見えた。

「そうか、さっき、男から電話があった。その男の手下か？」

中村は、わざと一歩、相手に近づいていって、くわえていたタバコを相手に向かって飛ばした。

相手の男が、首をすくめるようにして避ける。

その顔が元に戻った時、中村は、右のストレートを放って、相手に殴りかかった。

たいていの相手なら、この一撃で吹っ飛んで、失神するのだ。

だが、男は中村のストレートを避けようともしなかった。

男は、中村の拳をつかんだ。やたらに強い力だ。

そのままねじられた。体が歪《ゆが》む。思わず、悲鳴を上げた。

次の瞬間、中村は男に投げ飛ばされていた。

頭から地面に落ちて、脳震盪《のうしんとう》を起こし、中村は気を失った。

5

気がついた時、中村は線路の上に寝かされていた。

首と足を、線路にロープで縛りつけられている。両手は自由なのだが、その手でロープを解くことが出来ない。

急に、目の前が、ぼーっと明るくなった。

男の顔が、のぞいている。

男のくわえたタバコの火が、その顔をぼんやりと、照らし出していた。

「あと七分で、列車が来るぞ」

と、男がいった。

「お前がここで死ぬかどうかは、列車の運転士が、お前を発見出来るかどうかにかかっている。気がつけばいいが、おそらく、間に合わずに、お前はここで死ぬことになるだろうな」

「ちくしょう！」

中村が、叫んだ。

「いいか、お前が死ぬ前に、質問が二つある。お前たちは、何人で動いているんだ？誰に頼まれて、俺と俺の娘を殺そうとしているんだ？」

中村が黙っていると、

「俺の質問にちゃんと答えたら、ロープを切ってやるぞ」

「俺が死ねば、お前だって死刑だぞ」

「そんなことは、お前にいわれなくても分かっている。お前は、俺の質問に答えたくないのか？」

男がいったが、それでも中村はまだ黙っている。

「そうか、それじゃあ、ここにいても仕方がないな」

そういって、男が立ち上がった。

背中を見せて歩きかける。

思わず、中村は、

「ちょっと待ってくれ！」

と、叫んでいた。

男は、線路のそばにかがみ込み、中村の顔を見つめて、

「いいか、もう一度きくぞ。これは大事な質問だ。お前たちは、いったいどこの人間なんだ？」

「Kオフィスの社員だったが、すでに退職して関係がない」

「Kオフィス？　そうだったのか。それで、何人で、俺と娘を狙っているんだ？」

「十人だ。だから、あんたたちは、絶対に逃げられないぞ」

「俺は、ウソが嫌いでね」

といって、男が、また立ち上がった。

中村は慌てて、

「待ってくれ！」

「いいか、人を殺す時は、十人もの人間を使ったりはしないものだ。七年前、俺は木下秀雄という男を殺した。その時も、俺一人だった」

「分かったよ。十人というのはウソだ。全部で三人だ」

「三人の名前は？」

「入江雄介、竹田博、そして、中村肇、この三人だ。もう一人いるというウワサもきいたが、詳しくは知らない」

「お前は？」

「中村だ」

「それで今、あとの二人は、どこにいるんだ？」

「Y病院の近くの、ワンボックスカーの中にいる」

「なるほどね。娘がY病院に戻ると思っているのか？」

「そんなことは知らん。それは、ボスの入江が考えることだ。それより、早くロープを切ってくれ」

中村が、大声で叫んだ。

相手は、ナイフを取り出すと、まずノドを絞めているロープを切った。その後で、そのナイフを、中村に持たせた。

「足のロープを切って、早く逃げろ。まもなく列車が来るぞ」

男は、すばやく暗闇の中に姿を消した。

中村は、慌てて上半身を起こすと、足とレールを結んでいるロープを切ろうとした。

レールを伝わって、列車の響きが聞こえてきた。

「くそっ！」

叫びながら、中村は足首を縛ったロープを切っていった。

暗闇の中から、列車の明かりが見えてきた。突然、列車が鋭い警笛を鳴らした。

中村を発見したのだ。

中村は、ロープが切れると、蹴飛《けと》ばすようにして、レールの向こうに転がり落ちていった。

6

中村は、泥まみれになりながら、何とか立ち上がった。

縛られていた足首が痺《しび》れていて、うまく歩けなかった。

やたらに、

「ちくしょう！　ちくしょう！」

と、叫ぶ。

中村は、鹿島源太に、いいようにあしらわれてしまったことが、悔しくて仕方がないのだ。

このまま帰ったら、入江と竹田の二人にこっぴどく怒られるだろう。それでも、とにかく、連絡をしなければならないと思い、ポケットを探ったが、入れておいた筈《はず》の携帯電話がなくなっていた。

携帯だけではない。運転免許証もなくなってしまっていた。

周囲を見回したが、自分が今どこにいるのか、それも分からないのだ。気を失っている間に、清里からかなり離れた場所まで運ばれてしまったらしい。

仕方がないので、もう一度、元の場所に戻り、線路の上を歩いていくことにした。次の駅まで行き、そこに公衆電話があれば、それを使って、入江たちに連絡するつもりだった。

7

入江は、腕時計に目をやった。

だんだん腹が立ってくる。ちょっとタバコを吸ってくるといって出ていったまま、中村が、一時間近く経っても、戻ってこないのである。

携帯を持っている筈なのに、連絡もしてこない。

「中村は、清里の駅に行っているといっていたな?」

入江は、竹田に声をかけた。

「ほかに行きそうなところはありませんからね。多分、清里の駅で張っているんじゃないですか?」

と、竹田がいった。

「それにしても、もう一時間経つぞ。それなのに、連絡もしてこない。何かあったんじゃないのか?」

「たしかに、ちょっと時間が経ちすぎですね」

「駅に行ってみよう」

と、入江がアクセルを踏んだ。

シラカバの林を抜け、二人の乗ったワンボックスカーは、清里駅に向かった。

駅に着いたが、ホームにも駅舎の近くにも、中村の姿はない。

入江は、中村の携帯に電話をかけた。

呼び出し音は鳴るのだが、中村は出ない。

「間違いない。何かあったんだ。そうとしか思えない」

その時、坂の上から、無灯火の車が一台、スピードを上げて、こちらに突っ込んでくるのに気がついた。

「ばかやろう、どこを見てるんだ？」

入江は、怒鳴りながらアクセルを踏んだが、間に合わなかった。

入江と竹田の乗ったワンボックスカーの側面に、無灯火の車が突っ込んだ。ワンボックスカーが横倒しになり、その上に、無灯火の車が乗り上げる形になった。

倒れたワンボックスカーのエンジンが発火した。

「逃げろ！」

入江が怒鳴った。

「逃げろ！」

竹田も怒鳴る。

二人は必死に、横倒しになった車の窓ガラスを叩《たた》き割って、外に這《は》い出した。

白煙が二台の車を覆っていく。炎が噴き出した。

入江と竹田の二人は、血だらけになりながら、やっとのことで車外に這い出して、その場から逃げた。

途端に、猛烈な勢いで、二台の車が炎に包まれた。

近くに民家は少ないのだが、それでも、飛び出してくる人の姿が見えた。

やがて、パトカーと消防車のサイレンの音が、入り混じって聞こえてきた。

8

入江と竹田は、パトカーで小淵沢警察署に連れていかれた。

「俺たちは、被害者ですよ」

入江が、交通係の刑事に向かって、大声を出した。

「もちろん、分かっているよ」

と、刑事がいう。

「俺たちの車が停まっていたら、突然、無灯火の車が突っ込んできて、衝突したんです。だから、向こうの運転手の、一方的な過失ですよ。すぐに捕まえて、事情をきいてください」

と、入江がいった。

刑事が苦笑して、

「われわれだって、出来ればそうしたいんだがね、向こうの車には、誰も乗っていなかったんだ。それに、向こうの車は、盗難車でね。持ち主は、事故のあった頃には家で寝ていた」

「誰かが、盗んだ車をわざと、俺たちの車にぶつけたんですよ」

竹田が、いった。

「多分、あんたらのいっていることが正しいんだろう。われわれとしては、あの盗難車を、どうして、あんたたちの車にぶつけたのか？　その理由を知りたいんだ。何か思い当たることがあったら、ぜひ話してほしいね」

刑事は、そのことに拘《こだわ》っている。

「そんなこと、俺たちが知っているわけがないでしょう？　何しろ、理由も分からないままに、いきなりぶつけられたんですからね」

「しかし、何か理由がなければ、わざと車をぶつけたりはしないだろう？　とにかく、お二人の名前と住所を教えていただきたい」

刑事がいうと、入江と竹田は、素直に自分たちの運転免許証を示した。

「なるほど、東京ですか。あなた方の乗っていたワンボックスカーは、東京のナンバーになっていたからね。やはり、東京からいらしたんですね」

刑事が頷《うなず》く。

「そうですよ」

「それで、お二人は、東京で何をなさっているんですか？　サラリーマンですか？　それとも、何か商売をされているんですか？」

「無職ですよ」

入江がいうと、

「無職？」

けげんな顔で、刑事が繰り返した。

「そうですよ。この間まで二人で、ある会社に勤めていたんですが、仕事が面白くないので、退職して、車で旅行をしようということになったんですよ」

竹田が、でたらめをいった。

「あの車には、アンテナと盗聴装置が積んでありましたよ。あれは、いったい何なのですか？」

刑事が、さらに質問を続ける。

「中古の車を買ったので、どうして、そんなものが積んであったのか、私たちにも分かりませんよ。前の持ち主がつけたんじゃありませんかね。いずれにしても、私たちがつけたわけじゃありません」

入江は、だんだん腹が立ってきた。

とにかく、こんなことで警察に留めおかれては困るのだ。

入江は、このままでは動きが取れないと見て、担当の刑事に頼んで、外に電話をかける許可をもらった。

途端に、入江たちに対する刑事の態度が一変した。担当の刑事だけではない。署長の態度まですっかり変わってしまった。

署長が、わざわざ入江と竹田を署長室に呼び、自らコーヒーを淹《い》れて、二人に勧めるのだ。

「お二人に不愉快な思いをさせて、まことに申し訳なかった。会田先生のお知り合いだとは知らず、失礼なことをしてしまいました。会田先生の秘書の方からの連絡で、お二人が府中刑務所の脱走犯、鹿島源太を秘密裡《ひみつり》に追跡していることを知りました。なぜ、最初から、そのことをおっしゃってくださらなかったのですか？　もし、おっしゃってくださっていれば、署を挙げて、ご協力いたしましたのに」

署長が、そんなことをいうのだ。

入江がコーヒーを飲んでから、慎重にいった。

「鹿島源太は、七年間の刑期を終えて、一週間後には、晴れて出所する筈《はず》でした。ところが、その一週間前の四月七日、突然、刑務所の所長を殴り、拳銃《けんじゅう》を奪って逃亡したのです。誰もが、彼のこの行動を不思議に思いました。無事に出られるのに、その一週間前に、なぜ脱走したのか、それが分からなかったからです」

「たしか、私もニュースで知り、不思議で仕方がありませんでした。どうして、釈放される一週間前に、わざわざ脱走などしたのか？」

「実はですね、彼のこの行動には、裏があるんですよ」

入江が、声をひそめていった。

「といいますと？」

「鹿島源太という男は、七年前に、経営コンサルタントを自称していた木下秀雄という男を殺害し、刑務所送りになったのですが、彼は、ほかにも何人も殺しているんですよ」

「本当なのですか？」

「本当なのです。ただし、今いった木下秀雄の殺害以外は、彼の犯行だと証明が出来ないのです。ところが、鹿島源太の出所一週間前に、突然、彼のもう一つの殺人事件を証明出来る人間が、見つかったんですよ。それも二人、五十歳の男と十八歳の少女です。その一人は、田所文雄という男でした。彼はいわゆる情報屋で、そんな自分が、鹿島源太のもう一つの殺人について証言しても、警察や検察は信用してくれないだろう。そう思って、黙っていたらしいのですが、ここに来て、検事の一人が、田所文雄の証言は信用出来るといい出したのです。もう一人の十代の女性は、名前を鹿島理恵といい、彼女は、子どもの時から珍しい病気にかかっており、清里にあるYという病院で、長く療養していました。そのために、彼女の存在を知る者は少なかったんですが、彼女も、鹿島源太のもう一つの殺人を証言する証人だったんです」

「もう一度、確認しますが、その女性の名前は、鹿島理恵さんというのですね？　間違いありませんね？」

「そうです」

「ということは、彼女は鹿島源太の娘か何かですか？」

署長がきいた。

入江は笑って、

「いや、それはありません。たまたま、姓が同じというだけで、全くの他人ですよ。ところが、この偶然を利用して、鹿島源太は、この娘さんに向かって、自分はお前の父親であるといい続けて、娘さんの証言を信用出来ないといっていたんです。しかし、今になると、彼女も成長し、自分が騙《だま》されていたことに気がついて、証言するといい出したのです。こうなると、刑期を終えた鹿島源太が、府中刑務所を出所しても、その場から、別の殺人事件の容疑で逮捕され、法廷に引きずり出されることになってしまいます。そうなれば、もう一度、殺人事件について裁かれるし、ほかにも殺人を犯しているのではないかというウワサが立っていますから、おそらく死刑は免れないでしょう。そのことを刑務所内で知った鹿島源太は、このままでは、自分は死刑になるか、一生刑務所暮らしになる。そこで、釈放の一週間前に脱走し、まず情報屋の田所文雄という証人の一人を、東京で殺しました。そして次は、もう一人の証人である鹿島理恵を見つけ出して、口を封じるために、この清里にやって来たんです。われわれは、何とかして、それを防がなくてはなりません。今もいったように、すでに証人の一人が殺されていますから」

「事情は、よく分かりました。会田先生からの連絡もありましたので、われわれに知らせていただければ、刑務所を脱走した鹿島源太という凶悪犯を、逮捕いたしますので」

といったあと、署長は、

「お二人のお仲間の残りの方、たしか中村さんでしたね、その方も今、こちらに来ていますよ。どうやら、鹿島源太と争ったらしく、ケガをしておられますが、大したケガではないようです」

と、いった。

女性警官に案内されて、中村が署長室に入ってきた。中村は、頭に包帯を巻いていた。それを見て、

「どうしたんだ？」

と、入江がきいた。

「もう少しで、鹿島源太を捕まえることが出来たんですが、ちょっと油断したその隙に、逆襲を受けてしまいました。あとで気がついたら、頭にケガをしていたので、病院で手当てをしてもらったんです」

と、中村がいった。

「無事でいるのなら、どうして連絡してこなかったんだ？　ずっと心配していたんだぞ」

「申し訳ありません。実は、鹿島源太に、携帯電話を奪われてしまって、連絡したくとも、出来なかったんですよ」

中村が、いった。

入江は、署長に目をやって、

「それで、署長さんに、お願いがあるのですが」

「何でしょう？　どんなことでも、ご協力しますよ」

署長がいってくれた。

「鹿島源太は、依然として、鹿島理恵を殺そうと狙っているに違いありません。もし彼を見かけたら、すぐわれわれに連絡していただきたいのですよ。何しろ鹿島源太は、府中刑務所を脱走した時、実弾と自動拳銃を奪っていますからね。あ、それから、清里にあるY病院の院長の名前を教えていただけませんか？　われわれの名前をいって、院長に、犯人逮捕に協力してくれるようにと、前もって、お願いしておいてほしいのです」

「分かりました。すぐ、院長に伝えます。ほかに何か、われわれが協力出来ることはありませんか？」

署長は、あくまでも低姿勢だった。

「そうですね。われわれは、車を失ってしまったので、どこかでレンタカーを借りたいのです」

「それならば、小淵沢の駅の近くに、レンタカーの営業所がありますよ」

「それでは、そこまで私たちを送ってくれませんか？」

「喜んでお送りします。それから、会田先生には、くれぐれもよろしくお伝えくださ い」

署長が、相変わらず丁寧な口調で、いった。

9

鹿島源太の携帯が、鳴った。公衆電話からだった。

慎重に、

「もしもし」

と、応じる。

「鹿島源太さんですか？」

と、女の声が、きいた。

「理恵だね？」

「ええ、そうですけど」

「今、どこにいるんだ？」

「信用出来るお友だちが、小諸に一人だけいるんです。今、その人のマンションでお世話になっています」

と、女の声が、いった。

10

「Y病院の院長さんですね？　小淵沢警察署の署長さんから、お聞きになっていると思いますが、私は入江といいます。会田先生の命令で動いているのですが、一つだけ、院長さんに教えていただきたいことがあって、お電話しました」

「入江さんのことでしたら、署長さんから伺っています。協力するようにといわれています。どんなご用件でしょうか？」

「そちらの病院に、入院していた鹿島理恵さんは、すでに退院されていると思うのですが、彼女が行きそうなところを、教えていただきたいのですよ。鹿島理恵さんは、おそらく病院の関係者か、あるいは、自分と同じようにY病院で療養していた友だちのところにいると思いますが、心当たりはありませんか？」

「そうですね。鹿島理恵さんは、ここに長く入院していました。その時に、一緒に入院していて、今から一カ月くらい前に退院した女性がいます。現在その女性は、小諸市内のマンションに一人で暮らしていて、小さな喫茶店をやっているそうです。鹿島理恵さんは入院中、その女性といちばん親しくしていたようですから、退院した後は、おそらく、その女性のところに行っているのではないかと思います」

と、院長がいった。

「その女性の名前と、マンションの場所を教えてもらえませんか？」

「名前は、行方《なめかた》理恵さん、二十五歳です。マンションは小諸市内のニュー小諸五〇四号室、電話は」

院長は、知っている全ての情報を教えてくれたようだ。

「ありがとうございます。これで一人の人間の命を助けられますよ」

入江は大げさにいい、ニヤッと笑って、携帯を切った。

11

鹿島源太は、焦っていた。探している娘の理恵から、やっと電話が来たのでホッとしたのだが、彼女が鹿島のことを信用していないことは、すぐ分かった。

小諸市内の友だちの家にいるといったが、友だちの名前も、マンションの住所も教えてくれなかったのである。

それは仕方がないことだと、鹿島は覚悟していた。何しろ、彼女に対して、父親らしいことはほとんどしてこなかったし、刑務所にいる間、彼女に、手紙を書いたこともなかった。そんなことをすれば、娘の身に危険が及ぶのではないかと心配したからである。

その心配が、現実のものになってしまった。

おそらく、そのこともあって、理恵は誰のことも信用出来ないでいるのだろう。

鹿島源太は、車の中にいた。脱走犯として顔を知られているので、車は盗むよりほかに方法はなかった。その車を運転して、鹿島源太は、小諸に向かっていた。

理恵は、小諸の何というマンションにいるのか、教えてくれなかったし、携帯の番号も教えてくれなかった。

鹿島は焦っていた。彼以外にも、鹿島理恵のことを探している人間たちがいるからである。

中村肇を脅かして、少なくとも、Kオフィスにいた三人の男、入江、竹田、そして中村の三人が、鹿島理恵を追っていることを知った。

もし、先に彼らに捕まってしまえば、おそらく、口封じのために、理恵は殺されてしまうだろう。

入江たち三人は、脱走犯の鹿島源太とは違って、会田健作やKオフィスの名前を使って、小海線沿線の警察の協力を、仰ぐことも出来るだろうし、Y病院の協力だって得ることが出来るだろう。

そう考えると、入江たち三人よりも先に、小諸で、娘の理恵を見つけ出すことが出来るかどうか自信がなかった。

しかし、じっとしてはいられない。こちらもY病院へ行って、理恵の情報を得よう。

12

その頃、入江たち三人は、小淵沢駅の近くでレンタカーを借り、それは、竹田に任せることにした。

「私と中村は、小海線で、鹿島源太を探しながら、終点の小諸まで行く。君は、レンタカーを運転して、小諸に向かってもらいたい」

入江が、竹田に指示した。

「絶対に、鹿島源太よりも先に理恵を見つけて、父親の鹿島源太から、切り離してしまう必要がある」

入江が、強い口調で、竹田にいった。

入江と中村は、竹田がレンタカーを運転して、小諸に向かったのを確認し、小淵沢から、終点の小諸行きの列車に乗った。

第六章　水　葬

1

入江と中村の二人が、最初に、小諸に着いた。

そのまままっすぐ、問題のマンションに走った。小諸駅の近くにあるマンションである。

「このマンションの五〇四号室に、女がいる」

と、中村がいった。

「いきなり五階まで、エレベーターで上がって大丈夫か？」

入江が、きく。

「いや、それは、少しまずいんじゃないでしょうか？　とにかく、こちらが探している娘は、今、一人でいるわけではありません。友だちと一緒にいるんですから」

「それじゃあ、管理人に頼んで、呼び出してもらおう。父親が訪ねてきたといえば、娘は下に降りてくるんじゃないか？」

「じゃあ、鹿島理恵さんを呼んでくれと、管理人に頼みましょう」

「来たのは父親だ。本物の父親が会いに来ているんだぞ。自分の娘のことを、鹿島理恵さんなんて堅苦しいフルネームで呼ぶか？」

入江が、いった。

「たしかに、それもそうですね」

二人は、マンションの一階にある管理人室に行くと、入江が、

「五〇四号室にいる理恵を呼んでくれませんか？　父親が来たといってください」

わざと笑顔を見せて、いった。

中年の管理人は、すぐ館内電話をかけてくれたが、ニッコリして、

「理恵さんは、今すぐ下りてくるそうですよ」

と、二人にいった。

二人は、エレベーターに目をやった。エレベーターが動いているのが分かる。

やがて、ドアが開き、二十代に見える女が一人、エレベーターから降りてきた。

「私を呼んだのは、どなたですか？」

女が、二人に向かって、声をかけてくる。

「あんたは、誰だ？」

入江が、怒鳴った。

「理恵ですよ。行方理恵です」

女が、大きな声で、叫んだ。

「理恵違いだ。俺たちが呼んだのは、鹿島理恵のほうだ」

中村がいうと、エレベーターから降りてきた行方理恵は、一瞬、顔色を変えて、

「管理人さん、すぐ一一〇番して！」

と、叫んだ。

その声で、入江と中村は、行方理恵の腕をつかんで引きずり倒し、エレベーターに飛び乗った。

床に転がった行方理恵は、必死で携帯を取り出すと、ボタンを押した。

電話をかける相手は、鹿島理恵である。

鹿島理恵とは、緊急の時の合図を決めていた。三回鳴らして切る。その時は、非常口から逃げ出す。そういうことにしてあった。

それが間に合うかどうか、分からないが、必死でコールし続ける。

五階でエレベーターが開いた。

入江と中村が廊下を走り、五〇四号室のドアを見つけ、ノブを回したが、鍵《かぎ》がかかっていて開かない。

一人が、激しくドアを叩《たた》いた。もう一人が、ドアを蹴飛《けと》ばした。

それでもドアは開かない。

中村が、用意してきたスパナで、ドアのノブを叩き壊した。

何とかドアが開くと、二人は、部屋の中に飛び込んでいった。

しかし、2DKの部屋には、人の姿はない。

「逃げやがった！」

入江が、舌打ちする。

「非常口だ！」

中村が、叫ぶ。

入江がドアを開けて、廊下に飛び出そうとした時、目の前に、大きな男が突っ立っていた。鹿島源太だった。

「邪魔をするな！　どけ！」

入江は、叫んだ瞬間、鹿島の鋭いパンチを浴びて、部屋に転がっていた。

中村がナイフを取り出して、鹿島に体当たりをしていったが、これも反対に、部屋に弾《はじ》き飛ばされて転がっていた。

鹿島源太は、中に入ってきて、倒れている二人を見下ろした。

「どこかで見た顔だと思ったら、清里で、Y病院を監視していたヤツらだな」

と、いってから、一人の首をつかんで引き起こし、

「俺の娘をどこにやった？」

「知るもんか」

入江が、叫ぶようにいう。

「それじゃあ、俺の娘には、まだ会っていないのか？　それなら、命だけは助けてやる。その代わり、Kオフィスのことをしゃべってもらう」

と、いった。

しかし、中村と入江は、床に転がったまま、返事をしない。

鹿島は、中村の顔を、思いっ切り蹴飛ばした。

中村は、口から血を噴き出して、呻《うめ》き声を上げる。

鹿島は、入江の腕をつかんで、強引に窓際まで引きずっていった。

窓を開け、入江をベランダに投げ出した。

「つかまれ！」

と、鹿島はいった。

「何だって？」

「ベランダの外に体を出して、腕で縁につかまるんだ」

「そんなことが出来るか」

と、入江がいった。

途端に、拳《こぶし》が飛んだ。

入江の顔が、血まみれになる。

「つかまれ！」

と、また、鹿島の声が飛んだ。

入江は、のろのろと立ち上がり、ベランダの外に体を投げ出すようにして、両手で縁につかまった。

「それで、五分は持つだろう。その間に、全部しゃべるんだ。お前の名前と、誰の命令で、俺の娘を殺しにきたのか？　俺のことも狙っている筈《はず》だ。答えろ」

と、鹿島はいった。

「俺は入江で、Ｋオフィスの人間だ」

入江が、答える。

「それは知っている。それで、誰に頼まれたんだ？」

「ボスだよ。K組の組長に命令されて、ここに来たんだ」

「いや、もう一人、お前に命令した人間がいた筈だ。あの組長が、金にならないことをする筈がない。金を出したのは、いったい誰なんだ？」

と、きく。

入江は、答えない。

「答えたくなければ答えなくてもいい。そのまま死ね。五階から落ちたら、間違いなく死ぬぞ」

と、鹿島はいった。

やがて、ぶら下がっている入江の顔に、汗が流れてくる。手が、ぶるぶると震えてくる。

「落ちたら、本当に死ぬぞ。それでもいいのか？」

と、また、いった。

「分かった。いうよ。金を出したのは、お前の知っている男だ」

「Kオフィスの相談役の、会田健作が金を出したのか？」

「ああ、そうだ。あの相談役が、組長に相談して、組長が俺たちに命令したんだ。話したんだから、もういいだろう。早く助けてくれ」

と、入江がいった。

入江の手首をつかみ、一気に引き上げて、ベランダに転がした。

向き直って廊下に出た時、エレベーターから、行方理恵が飛び出してきた。

「鹿島理恵さんは無事なの？」

大声で、鹿島にきく。

「部屋には誰もいない。どこかに逃げたようだ」

「あなた、理恵さんのお父さんね？　どうしてここが分かったの？」

「Y病院の院長からきいてきたんだ。娘はどこに行った？　教えてくれ」

「危なくなったら、非常口から逃げなさいといってあったの。だから、おそらく廊下の突き当たりの非常口から、逃げたんだと思うわ」

と、行方理恵がいった。

鹿島は、大股《おおまた》に廊下の突き当たりまで歩いていった。その後を、行方理恵がくっついていく。

非常口のドアを開ける。

そこからは、らせん状の階段が、いちばん下まで続いていた。

「あんたには、俺の娘がどこに逃げたか、想像がつかないか？　もし、分かっているなら教えてくれ」

鹿島は、きいた。

「分からないわ」

と、行方理恵が、いった。

「弱ったな」

「理恵さんは、ずっと病院に入っていたから、この小海線沿線に知り合いは、一人もいないと思う。だから、逃げるとしても、どこに逃げたらいいのか分からないんじゃないかしら？」

「そう考えると、娘が知っているのは、Y病院と、それから逃げ込むところとしては、警察ぐらいしかないか？」

そういうと、行方理恵は、ちょっと考えてから、

「いいえ、おそらく、警察には行かないと思うわ」

「どうしてだ？」

「お父さんのことがあるから」

「それじゃあ、残るのは、あの病院くらいだな」

と、鹿島はいった。

非常階段を下に向かいながら、行方理恵に向かって、

「あんたも一緒に来てくれ」

「どうして？」

「あんたも知ってるだろうが、俺は今、警察に追われているんだ。表立って娘を探すことが出来ない。だから、あんたに探してほしいんだ」

と、鹿島はいった。

非常口のらせん階段を下りると、そこに停めてあった車のドアを開けた。

行方理恵も、鹿島に続いて、助手席に乗ってくる。

鹿島はアクセルを踏んだ。

「この車、あなたの車なの？」

行方理恵が、きく。

「俺の車じゃない。盗んだんだ」

と、鹿島はいった。

猛烈な勢いで車を飛ばす。

清里のY病院の近くまで来た時、鹿島は突然、

「ちくしょう！」

と、叫んだ。

病院の周りに、何台ものパトカーが停まっていたからである。これでは、病院に入れない。

「いいわ、私が様子を見てくる。ここで待ってて」

と、行方理恵がいい、車から降りると、シラカバ林の中を、病院に向かって歩いていった。

鹿島源太は車をバックさせて、道路に出たところで停めた。

行方理恵という女は、もしかしたら、自分を裏切るかもしれない。何しろ、病院の周りには、何台ものパトカーが停まり、何人もの刑事たちがいるのだ。あの女は、その刑事に向かって、俺のことをしゃべるかもしれない。

それでも、その時はその時で、また考えようと、思った。

行方理恵の姿は、見えなくなったが、三十分ほど待っていると、こちらに向かって歩いてくる彼女の姿が、目に飛び込んできた。

見る限り、刑事の尾行は、ついていない。

行方理恵は、車のドアを開け、助手席に腰を下ろすと、

「理恵さんは、まだ病院には戻ってきていないみたいだわ。誰にきいても、同じ返事だから」

「それじゃあ、理恵は今、どこにいるんだ？」

「病院の関係者も警察の人も、理恵さんが今、どこにいるのかは分からないみたい。ただ、こんなウワサをする人がいたわ」

「どんなウワサだ？」

「理恵さんは、誰かと一緒にいる。危険なので車で逃げているが、今その車がどこを走っているかはいえない。そんなことをいう刑事さんがいたわ」

「まずいな」

と、鹿島は舌打ちした。

「どうして？」

「もし、誰かと一緒にいるのなら、そいつは、理恵が俺の娘だと知っていて、一緒にいるんだ」

「これ、単なるウワサだから。刑事さんだって、いってて自信はないみたい。だから、そんなに心配することはないと思うんだけど」

「三人いたんだ」

「三人って？」

「俺と俺の娘を殺しに、この小海線沿線に東京からやって来た男たちが三人いた。そのうちの二人は、あんたのマンションの中で叩《たた》きのめしてやったが、あの二人は、娘が逃げた後に、あんたのマンションに行ったんだから、娘があいつらに捕まっているとは思えない。そうなると、三人目の男だ」

「その人のことを、知っているの？」

「ああ、顔は見たことがある」

と、鹿島はいった。

「名前は、たしか、竹田といった。いつもは、三人で一緒に行動している筈《はず》なんだが、こいつだけがいなかったから、小海線の周りを、一人で動いている筈だ。だとすれば、俺の娘に出会うチャンスもあった筈だ」

鹿島は、自分にいい聞かせるように、口走った。

「その竹田とかいう人だけど、危険な人なの？」

行方理恵が、きいた。

「命令されて、俺と俺の娘を殺すために、ここに来たヤツだからな。危険というしかないだろう」

「竹田という人は、どうして、理恵さんのことを狙っているの？　理恵さんは病気で、長いこと、あの病院に入院していて、何かやりたくたって、出来ない筈だわ。それなのに、どうして狙うのかしら？」

「いろいろと訳があるんだ。話せば長くなる」

「あなたは間違いなく、理恵さんのお父さんよね？」

「そうだ。鹿島源太だ」

「よく見ると、理恵さんと目元が似ているわ」

と、行方理恵はいってから、

「それで、これから、どうするつもりなの？」

「とにかく、娘を見つけ出したい。それが先決だ」

「もう少し時間が経ったら、私が、あの病院の知り合いの看護師さんか、信頼の出来る先生に電話してみる。何か情報が入っているかもしれないから」

一時間ほど経ったところで、行方理恵が、携帯をかけた。

Y病院の、お世話になった師長や、知り合いの医者と話をして、いろいろときいている。

「どうだった？」

鹿島は、行方理恵にきいた。

「病院には、理恵さんは戻ってきていないけど、さっきのウワサは、本当らしいわ。相手の名前は分からないけど、女と男の二人連れが、理恵さんと一緒にいるらしいの。場所は分からない。静かになったら、小諸署に出頭する。どうも、そんなことになっているらしいわ」

「女が一緒なのか？」

「だから、理恵さんも安心しているんじゃないかしら？」

「女か」

と、鹿島はつぶやいてから、

「危ないな」

と、いった。

「何が危ないの？」

「東京にボスがいて、そいつが、俺と俺の娘を消そうとしている。ボスの命令でこの小海線にやって来たのは、三人プラスワンだというんだ。つまり、最初の三というのが分かるのは、三人の男で、俺は彼らの顔を見たことがある。ただ、プラスワンというのが女だったらない。三人の男にも分からないらしい。もし、そのプラスワンというのが女だったら、娘は今、危険な状態にある」

鹿島は、静かな口調でいったあと、いきなり、アクセルを強く踏んだ。車が、飛びあがる。

「小諸へ戻るぞ」

と、鹿島はいった。

猛烈なスピードで、鹿島は小諸へ引き返した。

鹿島は、小諸警察署の見える場所で、車を停めた。

行方理恵は車から降りると、近くのコンビニに行き、飲み物とパンを、買い込んで戻ってきた。

鹿島はそのパンをかじりながら、小諸警察署の入り口辺りに、目をやる。

時々、パトカーが帰ってきたり、白バイが飛び出していったりする。今夜の小諸署は、ピリピリしている感じだ。

「いつもに比べて、人の出入りが多くて、何だか賑《にぎ》やかね」

行方理恵が、いった。

鹿島は、黙って頷《うなず》いた。

小諸警察署の玄関辺りが賑やかなのは、さっき俺が暴れたからか、それとも、これからもっと賑やかになってくるのだろうか？

そう考えることは、危険を予感することでもある。だから、鹿島の顔は、にらむような目になっていた。

2

夜が明けた。

鹿島源太は眠らずに、小諸警察署の玄関口を、ずっとにらんでいた。

しかし、娘の理恵が運ばれてきた気配はない。

午前九時頃、行方理恵が、コンビニで食料を仕入れて帰ってきた。

だが、ドアを開けて、運転席にいる鹿島を見てから、急に眉《まゆ》を寄せた。

「どうしたの？」

理恵が、きいた。

鹿島は、聴いていたラジオのスイッチを切った。そのまま、返事をしない。

「怖い顔をしているわよ。いったい何があったの？」

「娘が死んだ」

と、鹿島はいった。

「娘って、理恵さんが？　ウソでしょう？」

「ウソじゃない。今、ニュースでいっていた」

「死んだっていったの？」

「ああ、そうだ。今朝早く、小諸市内の六階建てのビルの屋上から落ちて、死んだらしい。遺体を確認したのは、あのY病院の医者と看護師で、二人とも、入院していた鹿島理恵に間違いないと、証言したらしい。だから、今朝早く、死んだんだよ、娘は」

声が、急にか細くなった。

「それで、警察は何といっているの？　自殺だといってるの？」

「遺書はまだ見つかっていないが、現場の状況などから他殺の可能性はほとんどなく、自殺と断定されたと、アナウンサーはいっていた」

「自殺しただなんて、そんなの、絶対に信じられないわ。理恵さんは、お父さんに会うことだけを、楽しみにしていたんだから。でも、まだ会っていないじゃないの？それなのに、理恵さんが自殺するなんておかしいわ。おかしいわよ！」

行方理恵は、大きな声を出した。

鹿島が黙ってしまったので、行方理恵は一人でしゃべる。というよりも、つぶやき続けた。

「おかしいわ。こんなこと、絶対に本当じゃない。理恵さんは、お父さんに会うことを楽しみにしていたんだから」

と、行方理恵は、同じことを繰り返している。

「ウワサじゃ、彼女と一緒に男と女がいた筈なのに、どうして止めなかったのかしら？　おかしいじゃないの」

3

鹿島理恵が、どこのビルで死んだのか、そのビルの名前をニュースで聴いたので、鹿島源太と行方理恵は、車でそのビルに行った。

六階建てのビルである。建物の横に非常口がついていて、それを使えば、屋上まで上がれるようになっていた。

ビルの周りには、パトカーが二台、停まっていた。

「話をきいてくるわ」

といって、行方理恵は車から離れ、ビルに向かって歩いていった。

しばらくして、理恵は戻ってきた。

「あのビルの横に空地があるでしょう？　そちらに向かって、屋上から飛び降りたと、警察では見ているみたい」

「警察は、相変わらず、自殺だと考えているのか？」

「今でも警察は、自殺だと考えているわ」

「しかし、遺書は、なかったんだろう？」

「ええ、やっぱりなかったようだわ。でも、屋上には、靴がきちんと揃えて置いてあったらしいの。そのことから考えても、間違いなく自殺だと警察はいっているし、マスコミにも、そう発表するらしいわ」

「ウワサにあった男と女のことなんだが、この男女について、警察はどういっているんだ？」

「それについてだけど、向こうにいるパトカーの刑事さんが、こんな話をしてくれたわ。女のほうが、警察に証言したらしいの。鹿島理恵さんが精神的に不安定になってしまい、心配していたのだが、ちょっと目を離した隙に姿が見えなくなってしまい、一生懸命に探していたら、雑居ビルの屋上から飛び降りて、死んでいたって。警察から確認を頼まれたので、鹿島理恵さんに間違いないと証言した。こういう話だけど」

と、行方理恵がいった。

「警察は、何でもかんでも、俺の娘を自殺にしたいんだ。娘は、間違いなく、誰かに殺されたんだよ。俺には、よく分かるんだ」

「それなら、どうにかして、問題の男女を見つけて、きいてみるよりほかに仕方がないわね」

と、行方理恵がいった。

「そうだ。そいつらは、今、どこにいるんだ？」

「それがよく分からないの」

「しかし、女性が、警察に証言したといっているんだろう？」

「そうよ」

「だとすれば、二人は小諸警察署にいる」

と、鹿島はいった。

「どうして、そう思うの？」

「娘が死んだ後、警察は、身元の確認を急いだ筈《はず》だ。そんな時、警察がいちばんに当てにしたのは、娘と一緒にいた男女だよ。彼らに、多分警察は、死んだのは誰だときいた筈だ。そして、女が鹿島理恵だと証言した。さらに、ノイローゼで飛び降り自殺をしたという証言も、したのだろう。ほかにも警察が、二人にききたいことがあったとすれば、まだ小諸警察署にいる筈だ」

鹿島は、それだけいうと、アクセルを踏み、車を小諸警察署の近くに持っていった。

鹿島が警察署の玄関を見張っている間に、行方理恵は、また車から降りて、平気な顔で、警察署の建物の中に入っていった。

五、六分して戻ってくると、助手席に腰を下ろし、缶コーヒーを開けて一口飲んでから、

「理恵さんと一緒だった男と女だけど、まだ向こうの警察署の中にいるらしいわ。でも、誰にきいても、大事な証人だからといって、名前も教えてくれないし、写真も見せてくれない」

「そんなところだろうな」

「それから、刑事さんたちは、あなたのことを盛んに調べているわ。東京の府中刑務所を脱走したんですってね。だから、警察は必死になって、あなたの行方を探している。見つけ次第逮捕したいと、躍起になっているみたいだわ」

「そうか」

「あなたは、あと一週間我慢すれば、刑期を終えて堂々と刑務所を出ることが出来たのに、一週間前に、看守や所長を殴って逃げ出したんですってね。だから、警察だって、メンツにかけても、あなたを逮捕したいみたいよ」

「だろうな」

鹿島は、他人《ひと》ごとみたいに頷《うなず》く。

「どうして、そんなバカなことをしたの？　あと少しで、晴れて出所出来たというのに、たったの一週間が我慢出来なかったの？」

「――」

鹿島は、返事をしなかった。今はたった一つのことしか、頭を支配していないのだ。

昼近くなって、竹田と思われる男が、小諸署の玄関から出てきた。すぐタクシーを拾った。

走り出し、こちらの車がタクシーの跡をつける。

竹田が乗ったタクシーが向かったのは、小諸駅である。

竹田はタクシーを降り、駅の中に入っていく。

「俺は、あの男をつけていく。君は、小諸警察署に戻って、あの男と一緒にいたという女のことを、何とかして調べてくれ」

行方理恵に頼んだ。

終点の小淵沢までの切符を買って、駅の構内へ入っていった。

小淵沢行きの二両連結の列車に、竹田が乗り込む。

鹿島源太も、別の車両に乗り込んだが、その目は、ずっと竹田のほうに向けられていた。

終点の小淵沢までの走行距離は、七八・九キロである。竹田が途中の駅で降りたら、鹿島源太も、その駅で降りるつもりだ。

二人の乗った列車は、佐久平、小海、野辺山と停まって、終点の小淵沢に向かっていく。

鹿島源太は、前の車両にいる竹田を、じっと見つめていた。

終点の小淵沢に着くと、竹田は、今度は新宿行きの特急列車を待っていた。鹿島源太は、少し離れたところから、竹田を観察した。

落ち着きのない男である。

そのうちに、竹田は、どこかに携帯で電話をかけ始めた。そのことが、鹿島源太の怒りを増幅させた。

この男は小諸で、娘の鹿島理恵を自殺に見せかけて殺したに違いない。それを誰かに報告しているのだ。

新宿行きの特急「あずさ」が、ホームに入ってくる。

鹿島源太は竹田に少し遅れて、列車に乗った。

列車の中でも時々、竹田はどこかに電話をかけている。

(自分たちのボスに、理恵を始末したことを報告しているに違いない)

時々ニヤついているのは、ボスからおほめの言葉をいただいているのか。

特急「あずさ」が、新宿駅に到着した。さらに乗り換えて、上野駅で降りた。

竹田は、タクシー乗り場に向かって歩いていく。鹿島源太も、少し間を置いて、竹田をつけた。

竹田がタクシーに乗り込む。そのドアが閉まる直前、鹿島源太はリアシートに乗り込んだ。

竹田が、

「あっ」

という声を出す。

鹿島源太は、その顔を思い切り殴りつけておいて、

「早く出せ」

と、運転手にいった。

運転手が慌ててアクセルを踏み、タクシーが駅を離れた。

気絶していた竹田が、目を覚ます。その顔をもう一度、思いっ切り殴りつけた。

運転手が、心配そうに、

「大丈夫なんですか？」

と、きく。

「ああ、大丈夫だ。あんたには迷惑をかけないから安心しろ。それより、人の少ない静かなところにやってくれ」

と、鹿島源太がいった。

「静かなところって、どこならいいんですか？」

運転手の声が、震えている。

「どこでもいい。とにかく静かなところだ。早く行け」

押し殺した声で、鹿島源太がいった。

運転手は、江戸川の河川敷に向かって、車を走らせた。土手から川原に下りていく。

ほかに、車や人の気配はない。

「停めろ」

と、鹿島源太は、いった後、

「一時間ぐらい、どこかに行って遊んでこい。一時間経ったら、車を取りに戻ったらいい。その時は、俺たちは、いなくなっている。いいか、その間に警察を呼んだりしたら、お前を殺すぞ。それだけは覚えておけ」

慌てて、運転手が車から飛び出して、土手の方向に逃げていく。

鹿島源太はドアを開け、竹田を車の外に引きずりおろすと、携帯を奪い、そのまま川の方向に向かって、引きずっていった。

河川敷には、ところどころに、大きな水溜《みずた》まりができている。鹿島源太は、その一つの水際まで竹田を引きずっていって、水の中に放り込んだ。

「わっ」

悲鳴を上げて、竹田が水の中でもがいた。

その首根っこをつかんで、顔を水の中に押し込み、一分ほどして引き上げる。それを二、三回繰り返した後、鹿島源太は、ぐったりした竹田を、水の中に座らせた。

胸辺りまで、水に浸《つ》かっている。

「前もっていっておくが、今日、俺は機嫌が悪い」

鹿島源太が、竹田に向かっていった。

「機嫌が悪い理由は、もちろん分かっているな？」

「そんなこと、俺が知っているわけがないだろう」

「じゃあ、教えておいてやる。お前が、俺の娘を殺したからだ」

「俺は、そんなことはしていない」

「うるさい。黙れ。お前がやったことは分かっているんだ。だから、俺はこれから、お前を殺す」

「助けてくれ」

と、竹田が、叫んだ。

「助かりたいか？」

「ああ、助かりたい」

「それなら、俺の質問に、正直に答えるんだ。いい加減に答えたら、お前を殺すからな」

「分かったよ」

「お前は小諸で、俺の娘を殺したな？　それは認めるな？」

「いや、殺してなんかいない。あれは自殺だ。警察も、そう見ている」

と、竹田がいった。

途端に、鹿島源太は、竹田の首をつかんで、思い切り水の中に沈めた。水の中で、竹田がもがく。その状態を、一分くらい続けておいてから、竹田の体を引き起こした。

「俺は、本当のことを知りたいんだ。ウソをつくなら、お前にきくことはない。死んでもらう」

「ウソなんかついていない。あれは、本当に自殺なんだ」

「そうか、お前はよっぽど死にたいみたいだな」

鹿島源太が、いった。

竹田は慌てて、首を横に激しく振った。

水が弾《はじ》けた。

「お願いだ、助けてくれ」

「そうか、助かりたいのか。もう一回だけきくぞ。お前は、小諸の雑居ビルの六階から、俺の娘を突き落とした。そうだな？」

と、鹿島源太がいった。

竹田は、一瞬考えてから、

「ああ、そうだ。だが、直接手を下したのは、俺じゃない」

「じゃあ、誰だ？」

「一緒にいた女が、あんたの娘を突き落としたんだ」

「女の名前は？」

「知らない」

「知らない？　一緒にいたんだ、そんな筈《はず》はないだろう」

「いや、本当に知らないんだ」

「どこで会った？」

「俺は車で、小淵沢から小諸に向かって急いでいた。そうしたら、途中で女に停められた。俺は、てっきりヒッチハイクをやっているのかと思ったんだが、違っていた。女は、俺のことや入江、中村のことも知っていた。そして、車の中で、俺にいったんだ。警察よりも早く、鹿島源太の娘を見つけ出して、一刻も早く殺すんだ。俺に、そういったんだよ、あの女は」

「誰の命令で動いていると、女はいったんだ？」

「きいても何もいわなかったが、おそらく、Kオフィスの相談役の会田健作の命令で、動いているんだろう。俺は、そう考えた。何しろ、ほかには考えようがないからな」

「お前と女は、俺の娘を殺した後、どこへ行った？」

「警察に行った」

「どこの警察だ？」

「小諸警察署だ」

「どうして、警察に行ったんだ？」

「あの女の指示だよ。ボスにいわれていたらしい。あんたの娘を殺した後、逃げ回ったりしていたら、かえって疑われる。だから堂々と警察に出頭して、鹿島理恵が自殺したと、話すんだ。そういわれていたらしい」

「それで、小諸警察署の署長や刑事は、納得したのか？」

「最初は、納得しなかった。でも、俺たちが、東京の会田健作の指示で動いているといったら、やっと納得してくれた。あの名前は、効き目がある」

「昼近く、お前は一人で、小諸警察署から出てきたな？　女はどうして、出てこなかったんだ？」

「そんなことは、俺には分からない。俺がこれから東京に帰るといったら、女は、まだしばらく、ここにいるといったんだ。理由は分からない。ひょっとすると、あんたのことが怖かったのかもしれない」

「それでは、お前は、入江や中村と一緒に、Ｋオフィスで働いていたんだな？」

「ああ、そうだ。だが、俺はKオフィスのことはよく知らないんだ」

竹田がいった途端に、鹿島源太は、その顔を殴りつけた。

呻《うめ》き声を上げて、竹田が、その場に倒れる。顔を押さえて起き上がったところを、もう一発、殴った。

「さっき、いったろう、ウソをついたら、殺すと。そのつもりで、ちゃんと答えろ。もう一度きく。Kオフィスでは、どんなことをやっていたんだ？」

「もう殴らないでくれ」

「正直に答えれば、もう殴らん。Kオフィスは、何をやる会社だ？」

「Kオフィスは、人材派遣会社だ」

「そんなことは、分かってる。Kオフィスと、その相談役の会田健作は、神山原発の用地買収や、その後の人材派遣でボロ儲《もう》けをしたんじゃないのか？」

「そうだが、上のほうのことは、俺たちみたいな下っ端には、何も分からない。しかし、Kオフィスや相談役の会田健作が儲けたことは、たしかだ」

「用地買収でも儲けたし、神山原発が事故を起こした後、Kオフィスが事故処理をする作業員を集めて、神山原発に派遣した。危険を承知の人間特攻だな。この面でもボロ儲けをした。そういうことだな？」

「ああ、かなり儲けたというウワサは聞いている」

「もう一度確認するぞ。Kオフィスと、その相談役をやっている会田健作は、神山原発の用地買収や作業員の派遣などで、ボロ儲けをした。つまり、利権にありついた？」

「ああ、そうだ。本当に儲けたのは、相談役の会田健作や、Kオフィスの社長とか、上の人間だけだ。俺たちが儲かったわけじゃない」

「余計なことはいわなくてもいい。これで十分だ」

「それじゃあ、俺は、もう帰っていいんだな？」

「さっき、いっただろう。今日の俺は、猛烈に腹が立っている。だから、娘を殺した犯人は全員、殺す」

「助けてくれ」

「何度もいわせるな。ダメだといってる筈だ」

　と、鹿島源太はいい、ポケットから拳銃《けんじゅう》を取り出した。

「この拳銃は、俺が府中刑務所を脱走した時、奪ってきたものだ。本物だが、一度も試していない。そこで、お前で試すことにする。雑居ビルの屋上から飛び降りて死ぬよりも、こっちのほうが、ずっと楽に死ぬことが出来るぞ。よかったな」

鹿島源太は、銃口を竹田の額に押し当てた。

「助けてくれ！」

と、竹田が叫ぶ。

それを無視して、鹿島源太は引き金を引いた。

銃声。

竹田は、ゆっくりと水の中に沈んでいった。

鹿島源太は、竹田の携帯を取り出し、リダイヤルしてみた。

「こちらは、Kオフィスですが」

と、女の声がいった。

「そちらの相談役、会田健作さんに連絡を取りたいんだが」

「失礼ですが、そちらは、どなた様でしょうか？」

「竹田博です。さっき、相談役の会田さんに、お電話を差し上げたのですが、その時、いい忘れてしまったことがありますので、電話を取り次いでいただけませんか？」

鹿島源太が、丁寧な口調で、相手にいった。

「分かりました。今、電話をおつなぎしますので、しばらくお待ちください」

しばらくして、別の男の声が、

「会田だ」

と、いった。

「君にはもう、話すことは何もないぞ。こちらの指示通りに、鹿島理恵を殺してくれたんだ。東京に帰ってきたら、約束した通り、ボーナスをはずむ。それでいいだろう？」

「竹田博は、ボーナスは要らないと、そういっていましたよ。どうせ、これから死ぬんだからってね。もしかしたら、今頃はもう、地獄に着いているかもしれませんね」

と、鹿島源太がいった。

一瞬、声が消えたが、

「お前は、鹿島源太か？」

と、相手がいった。

「そうだ」

「いったい、どうするつもりだ？」

「今、竹田博の葬式を済ませたところだよ。竹田も多分、地獄で、あんたが来るのを、首を長くして待っている筈だ。俺はこれから、あんたに引導を渡しに行く。助かりたかったら、俺の前から逃げることだな。目が合った時には、あんたは死ぬんだ」

それだけいって、鹿島源太は電話を切った。
次はあの女だ。鹿島源太は急いで小諸に戻った。

第七章　最後の戦い

1

　鹿島理恵が小諸で、自殺したと、十津川のもとに連絡があった。信じられなかったが、すぐ小諸には行けなかった。

　十津川は、三上刑事部長に呼ばれて、次のように指示されたからである。

「これから、君は、二十人の刑事を連れて会田邸に行き、会田健作社長の警護に当たるんだ。先日、府中刑務所を脱走した鹿島源太だが、会田健作に対して、何か個人的な恨みを抱いているらしい。会田邸の使用人の話によると、Kオフィスに、鹿島源太から突然電話が入り、これからお前を殺しに行く、覚悟しておけと、会田健作を脅迫したというのだ。冗談ではなくて、本気らしい。そこで要望があった。最後に頼りになるのは警察しかない。ぜひとも警察に、身辺警護をお願いしたいというんだ。そこで君には、部下の刑事二十人を連れていき、会田邸を守ることを命令する」

三上の指示を受けて、十津川は部下の刑事を集めると、

「三上刑事部長から私に、会田興業取締役社長の警護に当たれという命令があった。会田健作が狙われる可能性があると、三上刑事部長はいわれるんだ。したがって、鹿島源太が逮捕されるまで、会田邸の警戒に当たる。鹿島源太は拳銃を持っているので、十分注意してもらいたい」

その日のうちに、十津川は、亀井たち刑事二十人を連れて会田邸に行き、警護に当たることになった。

会田邸には、主人の会田健作のほかに、女性の秘書、運転手、そして、食事を作る家政婦などが、夜になっても帰らずに屋敷の中に留《とど》まっていたが、十津川たちが到着すると、さすがに会田健作もホッとした表情で、十津川たちを迎えた。

鹿島源太が拳銃を強奪して、現在もそれを持っているというので、十津川たちも全員、拳銃を所持している。

基本的には、傷を負わせることなく鹿島源太を逮捕したいというのが、十津川の意向だが、鹿島源太の抵抗が激しければ、射殺もやむなしと、三上にいわれていた。

刑事を配置し終わってから、十津川は亀井と二人、屋敷の庭をゆっくりと歩いて見て回った。

屋敷を取り囲む塀は、やたらに高く造られている。

「これだけ塀が高いと、外からは、塀の中で何が行われているのか、全く分かりませんね。多分、そのために塀を高くしているんでしょうが」

歩きながら、亀井が、いった。

「それが、この屋敷の長所であり、また欠点でもあるんだ。それにしてもおかしいな」

と、十津川が、いった。

「おかしい？　どこか、変なところがありますか？」

「三上刑事部長は、とにかく会田を守れ、現場を動くなと指示している」

「小心な三上刑事部長らしいじゃありませんか。会田は、警察にも顔が利くそうですから、部長はとにかく会田を守ることに汲々《きゅうきゅう》としているんですよ」

「その会田健作だが、Kオフィスの相談役というよりも、実質的なオーナーといわれている」

「そうです」

「Kオフィスといえば、人材派遣会社だ」

「ええ、そうですが、調べてみると、このKオフィスというのは、少しばかりおかしな人材派遣会社で、体育会系の、体力があって強そうな、若い男ばかりを集めています」

「それは、私も知っている。最近、思い出したんだが、会田健作が誰かと対談している記事を、週刊誌で読んだことがある。それによると、これからは、どの国でも格差が大きくなっていく。日本だって、その例に漏れない。資産家と貧乏人に分かれて、貧しく生まれた若者は、自分の努力では資産家の階級に入ることが出来ないから、当然、テロ行為が多くなる。誘拐や脅迫が日常的になるだろう。したがって、これからの有望事業といえば、第一にボディガードだ。そう考えて、私は優秀なボディガードの会社を立ち上げるつもりだ。会田健作は、そんなことを、盛んにしゃべっていたよ」

「なるほど。それで会田健作は、ボディガードの出来る人材を、集めているのかもしれませんね」

「そうだとしたらだよ、カメさん。Kオフィスが集めたといわれている、ボディガードに適した体力のある若者たちが、どうして、この屋敷の中に一人もいないんだ？どう考えてみても、おかしいじゃないか？」

「たしかに、そういえばそうですね。ここにいるのは、中年の運転手と秘書が二人。

その秘書は、二人とも女性です。警部がいわれるように、ボディガードの出来そうな屈強な若者は、一人も見当たりませんね」

「会田健作にしてみれば、今こそ、自分の作ったボディガードが、必要な時じゃないのかね？　何しろ、自分の命が、凶悪《きょうあく》な脱獄犯に狙われているんだからね。それなのに、せっかく集めた人間は、いったい、今どこで、何をしているんだ？　私がおかしいといったのは、その点なんだよ」

「もしかしたら、身辺警護をわれわれ警察に任せているので、会田健作は安心して、ボディガードを使おうとは、思わないんじゃありませんか？」

と、亀井がいった。

十津川が笑った。

「会田健作は、そういう男だと、カメさんは思うかね？」

「と、いいますと？」

「つまり、会田健作という男は、それだけ、私たち警察を信用しているのかということだよ」

「いや、多分警察のことは、あまり信用していないでしょうね」

「私もそう思う。会田健作という男は、警察なんか、これっぽっちも当てにしていないはずだよ。今回、三上刑事部長が私を呼んで、こういった。会田健作から、自分の身辺警護を頼むという依頼があった。会田健作はその時、こういったというんだ。やはり何といっても、最後に頼りになるのは警察しかありません。ですから、身辺警護は、ぜひとも警察にお願いしたい。私を狙っている鹿島源太は、陽動作戦のうまい男だから、なるたけ、私から刑事さんたちを引き離そうとするでしょう。だから、刑事さんたちは、私に張りついて動かないでほしいのですと、特に強く、そういう要望があったというんだよ。三上刑事部長は人がいいから、最後に頼りになるのは警察しかないと、会田健作におだてられて、警視庁が威信をかけてあなたを守りますから、安心してくださいと約束したらしい。それで、私たちはこの屋敷から絶対に動くなと、三上刑事部長から命令されたんだ」

「なるほど。いきさつが、やっと分かりました」

「とにかく、会田健作は、信用出来るのは日本の警察しかない、自分は警察を全面的に信用しているので、ぜひ自分を守っていただきたいと、言葉巧みに哀願したらしいよ。それで、三上刑事部長も、その上のほうも、ころりと騙《だま》されてしまったんだ」

「つまり、会田健作の目的は、私たち警察の人間を、この屋敷の中に張りつけておくことですね？」

「そういうことだ」

「その間に会田健作は、自分が人材派遣会社で築き上げた、戦闘部隊のような屈強な連中を、小海線の沿線に送って、鹿島源太を捕まえる、いや、殺してしまおうと考えているような気がしますね」

「カメさんのいう通りだよ。会田健作は、何としても、鹿島源太を殺してしまいたいんだよ。捕まえたいんじゃない。口を封じたいんだ。だから、警察に、鹿島源太を逮捕されることは、何としても阻止したい。警察が鹿島源太を逮捕する前に、自分たちで始末してしまいたいんだ」

「しかし、このままでは、動きがとれませんね。この際、会田のことは放っておいて小海線に行き、われわれが一足早く、鹿島源太を逮捕してしまいますか？」

「もちろん、それが出来ればいいんだが、今もいったように、三上刑事部長も、その上のほうも、会田健作の言葉に、すっかり騙されてしまっているんだ。私たちがこの屋敷を離れることを、上のほうはＯＫしないだろう」

「それでは、このまま小海線の方で、鹿島源太が、連中にむざむざ殺されるのを待つんですか？」

「いや、それは絶対にまずい。それだけは、絶対に避ける必要がある」

「私もそう思います」

「ところで、会田健作は今、どうしているんだ？」

「二階の特別室に入ったまま、全く出てきません。ドアには『近寄るな。KEEP OUT』と書いた紙が貼ってあって、人を寄せつけません」

「その辺は、不思議なんだ。今もいったように、会田健作は、私たち警察を、この屋敷に張りつけておこうとしている。その間に、自分が今までに作り上げた戦闘集団に、鹿島源太を殺させようとしていることは、まず間違いない。そこまではよく分かるんだが、会田本人がこの屋敷にいて、連中にどうやって指示を与えているのかが、分からないな」

十津川は立ち止まり、屋敷の二階から高くそびえている、アンテナに目をやった。

「今、会田健作が、二階の特別室に閉じこもって、何をやっているのか？　それを何とかして、知る方法はないだろうかね？」

「盗聴をやりますか？」

「それを含めて考えてみよう。このままでは、鹿島源太が殺されるのを、ただ待つしかないことになる」

十津川は、すぐ科捜研に電話をして、来てもらうことにした。

十津川の要請を受けて、科捜研から、無線機器をのせたワゴン車で、河田《かわだ》技官がやってきた。河田は盗聴のスペシャリストである。

河田はまず二階に上がって、会田健作が閉じこもっている部屋の周囲を、調べて回った。そのあと、今度は庭に出て、二階の窓に目をやった。

「問題の二階の部屋は、かなり分厚いコンクリートで囲まれているようですね。ですから、廊下側からあの部屋の中の音を拾うことは、まず無理でしょうね。ただ、窓の方はガラスですね」

「しかし、窓は色つきで、部屋の中は見えませんし、厚いガラスなので、盗聴器を取りつけても、中の会話を拾うのは無理でしょう」

と、十津川がいった。

「多分、そうだと思います。ただ、アメリカで作られた、最新の機器を持ってきています」

と、河田がいう。

「どんな機器ですか？」

「二階のあの部屋は、密閉されています。その部屋の中では、どんなに小声で話しても、微妙な空気の乱れが生まれてしまいます。それによって、コンクリートの壁が振動することはありませんが、窓のガラスは微妙に振動します。今までの機器では、その振動は微妙すぎて拾えませんが、今日持ってきた機器は、拾うことが可能です。また、言葉によって振動が違いますから、その振動を記録しておいて、あとでコンピューターで解析すれば、どんな会話でも分かります」

「それでは、コンピューターが必要になりますね」

と、十津川がいうと、河田は笑って、

「コンピューターと一体になった機器です」

刑事が協力して、問題の機器を車から降ろし、ひそかに二階の部屋の窓ガラスに取りつけた。

十津川たちにとって有利だったのは、会田健作が、この屋敷に、信用する連中を置いておかなかったことである。車の運転手、家政婦、そして二人の女性秘書は、会田健作と一緒に、二階の特別室に閉じこもっていたからである。

科捜研の作業を邪魔する者は、誰もいなかった。強いて作業を邪魔する者がいるとすれば、三上刑事部長と、その上のお偉方だけである。

一時間もすると、科捜研の持ち込んだ機器が、窓ガラスの振動をつかまえた。

「今のところ、受信と発信の振動が入り乱れている感じで、それを振り分けることは出来ませんから、十津川さんが、自分の耳で確認してください」

科捜研から来た河田が、十津川にいった。

十津川と亀井が、河田技官に助けてもらい、ガラスの振動をコンピューターで解析したものから、会田の声や、自分たちが知っている鹿島源太の声、そのほかの声を選《え》り分ける作業に没頭した。

2

つかまえた会田健作の言葉を聞いて、十津川がビックリしたのは、自信にあふれていたことだった。

三上刑事部長の話では、会田はしきりに、鹿島源太を怖がっていたという。

しかし、十津川の耳に聞こえてくる会田の声は、鹿島源太を全く怖がっていないのである。

ただ単に、鹿島源太を怖がっていないだけではなくて、どうやら鹿島源太の行動を的確につかんでいるので、小海線沿線で展開している戦闘集団に、安心して指示を与えている感じに聞こえるのだ。

会田がこの屋敷から指示を与えている戦闘集団は、二十五人と分かってきた。しかも、その半分には猟銃を持たせているようだ。

さらに、なんと爆薬も用意しているようだが、その戦闘集団のリーダーの名前は、どうやら平田正雄《ひらたまさお》らしいということも分かった。もちろん、その平田正雄が本名なのかどうかは分からない。会田が勝手に、平田正雄と呼んでいるのかもしれない。

そのリーダーの平田に対して、鹿島源太が今どこにいるのか、小海線に乗っているのか、それとも車に乗っているのかなどを、会田健作は確認しているのである。

「会田健作は、どんな方法でかは分からないが、しっかりと鹿島源太の行動をつかんでいるね」

十津川がいうと、亀井が、

「もしかしたら、スパイがいるんじゃありませんか？　鹿島源太のそばにスパイがいて、会田健作に情報を流しているんですよ」

亀井の言葉で、十津川が思い出したのは、鹿島源太を追っていた、三人プラスワンと呼ばれた連中のことだった。

いったい彼らは何をしているのか？　それは、十津川にも分からずにいる。

その三人プラスワンの人間が今、鹿島源太のそばにいて、東京にいる会田健作に、鹿島源太の行動を知らせてきているのかもしれない。

その三人プラスワンを、鹿島源太が信頼しているとなると、いかに強い鹿島源太でも、殺されてしまうおそれが十分にあった。

しばらく考えてから、十津川は、三上刑事部長に電話をした。

「あと二十人、刑事をこちらに寄越してくれませんか？」

と、十津川がいった。

「二十人でも心許《こころもと》ないのか？」

「私としては、二十人いれば大丈夫だと思っているのですが、会田本人が、まだ足りないといって不安がっているのです。こちらの屋敷を、刑事で埋めてしまいたいのだそうです」

まもなく、二十人の刑事が新たに追加され、会田の屋敷にやって来た。さすがに、これだけの数の刑事が集まると、屋敷の至るところに刑事がいることになる。

そうした空気を作っておいて、十津川は、亀井、西本、日下、三田村、そして、女性刑事の北条早苗の五人とともに、ひそかに、会田の屋敷を抜け出すことにした。

残る三十人を超す刑事たちには、

「もし、会田が部屋から出てきたら、危険ですから戻ってくださいといって、問題の部屋に閉じ込めてしまえ」

と、十津川は命令した。

3

十津川と五人の刑事は、覆面パトカー二台に分乗して、夜の東京を離れ、山梨県に向かった。

会田が平田に与えている指示を信用すれば、鹿島源太は一気に東京に突っ込もうとはせず、ゆっくりと警戒しながら、小海線の沿線を離れ、車で東京に近づこうとしている。

会田の狡猾《こうかつ》さ、あるいは怖さをいちばんよく知っているのは、おそらく鹿島源太なのだ。

十津川は、会田の屋敷の中で盗聴している科捜研の河田技官に、連絡を取り続けた。

「何とか、鹿島源太と連絡を取ることは出来ませんか？」

と、十津川がいった。

「鹿島源太は、携帯電話を使っているようですが、会田は間違いなくその携帯を盗聴していますо ですから、もし十津川さんが、鹿島源太の携帯にかければ、十津川さんの声も、会田によって盗聴されてしまいますよ」

と、河田がいった。

「今、鹿島源太は、どの辺を走っているんですか？」

「会田の指示を信用するとすれば、鹿島源太は、東京に通じる国道を、時速二〇キロという極めて遅いスピードで、東京方面に向かっています」

「車を使っているんですね？　間違いありませんね？」

「そうです。間違いありません。盗んだ車らしく、その車の型式、ナンバーなども、会田は押さえているように思えます。会田の指示を受けた二十五人の男たちが、遠巻きに、その車を取り囲んで、同じ二〇キロのスピードで動いています。おそらく国道のどこで鹿島源太を襲うのか、連中は、会田からの指示を待っているのではありませんか？」

「鹿島源太は現在、一人でいるんですか？」

「いや、今もいったように、会田は鹿島源太の携帯を盗聴していますが、その言葉を信用すれば、鹿島源太は今、一人ではありません。二人で車に乗っていて、ゆっくりと東京に向かっています」

「それでは、現在、鹿島源太は、盗んだ車でゆっくりと東京に向かっていて、一人ではなくて、もう一人の人間と一緒に、その車に乗っている。そう考えていいわけですね？」

「会田健作が指示している言葉を信じれば、そうなってきます」

河田技官が、いった。

十津川たちの乗った覆面パトカーは、鹿島源太が進んでいる同じ国道を、逆方向に向かって走り続けた。その途中で、河田技官から、また十津川に連絡が入った。

「会田健作は、鹿島の車に味方の車を近づけて、鹿島源太の携帯の盗聴だけではなくて、鹿島源太と、もう一人の人間の会話も盗聴しようとしているように思われます。会田健作が、戦闘集団の連中に最後の命令を下すのは、その二人の会話を盗聴した後でしょう」

「鹿島源太と一緒の車に乗っているのは、男ですか、それとも、女ですか？　名前が分かりませんか？」

「どうやら女性のようです。小諸から一緒のようですが、名前は分かりません。車の中で、鹿島源太がその女性を、フルネームで呼んでいませんから」

十津川は亀井と、今回の一連の事件の中で、鹿島源太が信用すると思われる女の名前を、挙げていった。

「いちばんに考えられるのは、鹿島源太の娘、理恵だが、彼女は、すでに死んでいる」

と、十津川がいった。

「たしか、その娘の友だちがいましたね。同じ療養所で一緒だったという」

と、亀井がいう。

「たしかにいたが、鹿島源太が、その女友だちと一緒に、会田健作を殺すため、東京にやって来るとは思えない」

「そうなると、あとは鹿島源太の母親がいますが？」

「それもないな。鹿島源太は、母親を復讐《ふくしゅう》の道連れにはしないだろう」

「すると、あと一人だけ残っていますね」

と、亀井がいった。

たしかに、一人だけ、女が残っていた。

天野清美である。

十津川が、天野清美への疑いを口にすると、亀井が首を傾げて、

「彼女は七年前から、鹿島源太の味方だったんじゃありませんか？　彼が東京の府中

刑務所を、あんな形で飛び出した時も、天野清美はつねに、鹿島源太のそばにいましたよ」

「そうなんだ。だからこそ、鹿島源太は、天野清美を、心の底から信用しているんだと思うね。七年前の事件でも、鹿島源太が殺した相手、木下秀雄がよく行っていた店を紹介したのは、天野清美だよ。だが、彼女の後ろに、会田健作がいるなんてことは、全く考えなかった」

「もし、その頃から天野清美が会田のスパイだったら、その彼女が鹿島源太のそばにいるとすると、ちょっと危ないですね」

西本が、いった。

「ああ、危ない。鹿島の使っている携帯が、天野清美から渡されたものだったら、盗聴も簡単だ。だから、一刻も早く、鹿島源太に連絡をして、注意するようにといいたいんだ」

十津川が、いった。

しかし、鹿島源太の持っている携帯に電話をすれば、それを盗聴している、東京の会田健作にも分かってしまうだろうし、会田の指示を受けている、戦闘集団にも筒抜けになってしまうだろう。

だとすれば、その瞬間が、最も危なくなってくる。

現在、十津川たちは、二台の覆面パトカーに分乗し、時速八〇キロで走っている。このまま進めば、国道のどこかで鹿島源太にぶつかり、鹿島源太を殺そうとしている連中とも遭遇するだろう。

「鹿島源太は、相変わらず時速二〇キロで、ノロノロ動いていますか？」

十津川は、河田技官にきいた。

「いや、今は停止しています」

「停止ですか？」

「そうです。これも会田健作の指示を、そのまま信用しての話ですが、鹿島源太の車は停止していて、どうやら、自分たちの周りに、今どんな危険があるのかを考えているようです。鹿島だって、このまま東京に進めば、大きな危険があることは、分かっているでしょうからね」

「車がまた動き出したら、教えてください」

と、十津川がいった。

4

午前二時を過ぎた。

おそらく、鹿島源太は、夜が明けるまでに、東京の会田健作の屋敷に近づき、何とかして、会田健作を殺そうとするだろう。

一方、会田健作も、彼が作った戦闘集団、リーダーは平田というらしいが、その二十五人で、夜が明ける前に、どこかで鹿島源太を包囲し、殺す計画を立てているだろう。

ただ、会田健作にしてみれば、あまり大きな戦いになっても困るのだ。会田健作にとっていちばんいいのは、事故死のように見せかけて、鹿島源太を殺してしまうことだろう。だから、多分、会田はそのチャンスを狙っているに違いない。

十津川たちも、車のスピードを緩めた。

十津川は、北条早苗刑事を呼んだ。

「私としては、何とかして生きたままで、鹿島源太を逮捕したいと思っている。彼が秘密を持ったまま、死んでしまっては困るのだ。今いちばんの問題は、どうやら鹿島源太のそばには、天野清美がいるらしいということだ。こちらから見れば、鹿島源太のそばに、危険な人間が一人いることになる。何とかして彼女を引き離すか、あるいは、ひそかに鹿島源太に危険を知らせるかの、どちらかにしたい。おそらく、男の刑事が近づいたら、警戒されてしまうだろう。だから、君に頼みたい。どうやったら警戒されずに天野清美に近づけるか、どうやったら鹿島を逮捕出来るかを、考えてみてくれ」

と、十津川がいった。

今のところ、鹿島源太や平田たちの動きを見ていると、国道を通って、東京に入ってこようとしている。

多分、東京に入ったその瞬間が、いちばん危険な時だろうと、十津川は思っていた。

5

午前二時三〇分。

鹿島源太の車が、また動き出した。

車種やナンバーも分かってきた。いずれも、会田が、東京から平田たちに与えている指示から、分かったものである。

それだけ、会田は鹿島源太の動きを、的確につかんでいるということだった。

十津川たちは車を停め、向こうから近づいてくるのを待つことにした。

その間に、北条早苗刑事が覆面パトカーから降りていった。一人でなら何とか、鹿島源太に近づくことが出来るだろうと、考えたからだった。

覆面パトカーから五〇ccの小型バイクを降ろし、北条早苗は、それに乗って走り出した。

ヘルメットをかぶり、五〇ccのバイクをわがもの顔で走らせているおばさんの一人、というスタイルである。

北条刑事は、ヘルメットの下にレシーバーをつけて、十津川からの指示を受けながら、バイクを走らせていく。

「あと一時間足らずで、鹿島源太の車に出会う筈《はず》だ。鹿島源太の車は、白のトヨタカローラ。山梨ナンバーだ。その車には、天野清美と思われる女性が同乗している。会田健作の指示を受けた戦闘集団は、鹿島源太の車を取り囲むようにして、東京方面に向かって移動している。そのことも忘れずに、鹿島源太に接触してくれ」

と、十津川がいった。

「戦闘集団の持っている武器は分かりますか？」

「二十五人の半分は、猟銃を持っていると考えた方がいい」

国道に車の数は少ない。

しかし、それは危険な兆候でもあった。

早苗は、バイクを停めた。

「まもなく、鹿島源太の車が現れるぞ。気をつけろ」

十津川が、知らせてきた。

早苗は目を凝らし、その車のヘッドライトが見えてきた時、こちらから時速三〇キロで飛び出していった。

向こうの車は、スピードはかなり遅い。

それでも、ぶつかるのは、かなり危険だった。

だが、今のところ、近づく手段は、ほかに考えつかなかった。だから、決めた。

衝突。

早苗はバイクから飛ばされて、道路の上を転がった。

6

白いトヨタカローラから、二人の人間が降りてくるのが分かった。

大きな体つきの鹿島源太と、もう一人は、明らかに女性だ。

「こんなの、放っておきましょうよ。あなたの仕事は東京に行って、会田に復讐《ふくしゅう》することなんでしょう?」

女が、強い口調でいう。

「それはそうだが、このままにしておくと、警察が発見して、俺たちのことがバレるかもしれない」

と、鹿島がいった。

「それは困るわ」

と、女がいった。

「どうするの?」

「仕方がない。この女を車に積んで出発だ」

と、鹿島がいった。

鹿島は、うずくまっている北条早苗の体を、軽々と担ぐと、車に戻っていった。

早苗の体は、車のリアシートに放り投げられた。

車は鹿島源太が運転し、助手席に女が乗って動き出した。

早苗は、リアシートにうずくまったまま、じっとチャンスを待ち、そして、いきなり背後から、助手席の女を殴りつけた。

7

もう一度構わずに、早苗は女を殴りつけた。

鹿島源太が、慌てて車を停めると、今度は早苗を殴りつけた。猛烈な腕力である。

リアシートに、早苗は弾《はじ》き飛ばされながらも、

「この女、天野清美でしょう？」

大きな声を出した。

もう一度殴ろうとしていた鹿島の拳《こぶし》が、宙で止まった。

「なぜ知っているんだ？」

「気をつけたほうがいいわよ。彼女、会田につながっているわ」

早苗が声を震わせた。

「バカなことをいうな。娘が死んだことを知って、小諸へ駆けつけてくれたんだぞ。彼女は、娘の次に信用している女だ」

「だから、危ないのよ。多分、まもなく、天野清美からの連絡が来なくなったことで、連中が行動を起こすはずだわ」

「連中って何だ?」

「会田が作った、体育会系の若者ばかりを集めた戦闘集団。二十人を超えた人数で、その半分は多分、猟銃を持っているわ。あなたを殺すためにね」

「そんな連中が、いったい、どこにいるというんだ?」

「この車を取り囲んでいるわ」

早苗がいった時、突然、銃声が二発聞こえて、車の屋根に弾丸が命中した。

8

銃の乱射が始まった。

猛烈な勢いで銃声が続き、弾丸が飛んでくる。

「何とかして逃げましょう。連中は、あなたを殺す気だわ」

と、早苗がいった。

「どうして？」

「あなたの口を封じるつもり」

「じゃあ、あんたは何なんだ？」

「今のところは、あなたを助けたいと思っている人間。それだけ」

といって、早苗は拳銃《けんじゅう》を取り出した。

鹿島源太も、拳銃を取り出す。

這《は》うようにして車から出ると、地面に伏せた。

早苗が携帯を使って、十津川に合図を送る。

「連中の襲撃が始まりました」

二発の銃声のあと、猛烈な射撃が続いている。

会田が作った戦闘集団のうち、ここに来ているのは二十五人だといわれている。その半数は、猟銃を持って参加していると聞いた。

その十丁を超す猟銃が、一斉に射撃を始めたのである。

鹿島源太が乗ってきたトヨタのカローラは、たちまちエンジンから発火して燃え上がった。

そこへ十津川たち二台の覆面パトカーが到着し、乗っていた刑事たちが、一斉に拳銃で応戦を始めた。

十津川たちが持っているのは全て、自動拳銃である。

それに対して、連中の持っているのは猟銃である。それに、爆薬を持っているかもしれない。このまま銃撃戦を続ければ、こちらが不利になることは目に見えていた。

「脇道に突っ込め」

十津川が、怒鳴った。

二台の覆面パトカーは、国道から狭い脇道に突っ込んでいった。

鹿島源太と天野清美の二人も、急遽《きゅうきょ》、覆面パトカーに収容した。突っ込んだ脇道がどこに通じているのか分からなかったが、とにかく、十津川たちはアクセルを踏み続けた。

三叉路《さんさろ》にぶつかる。その角に、赤色灯をつけた派出所が見えた。

しかし、中に警官の姿はない。

「あの派出所に逃げ込め！」

十津川が、また怒鳴った。

急遽、二台の覆面パトカーを横づけにして、刑事たちは派出所になだれ込んだ。

刑事たちはすぐドアを閉め、机や椅子を倒して、正面のドアと窓を補強していく。

連中の車が殺到してきて、たちまち、派出所は包囲されてしまった。

十津川と亀井は、派出所の中を探したが、武器になりそうなものは、何も見つからなかった。

十津川は、派出所の電話を使って、三上刑事部長ではなくて、本多捜査一課長に電話をした。

「鹿島源太と天野清美、この二人を確保しましたが、連中に包囲されてしまいました。このままでいけば、全員殺されてしまいます」

「今、どこにいるんだ？」

本多一課長が、きく。

「はっきりとは分かりませんが、山梨から国道を通ってきて、東京都内に入ってすぐの、派出所の中にいます。こちらは六名、拳銃で応戦しています。相手は二十五人で、半数が猟銃を持ち、爆薬を所持しているおそれもあります。至急、応援を願います」

「君はどうして、そんなところにいるんだ？　三上刑事部長がおっしゃっているが、君たちは、会田健作を、彼の自宅で護衛している筈《はず》だぞ。そうじゃないのか？」

「現在も、三十人以上の刑事が、会田の屋敷を守っています」

「君はなぜ、そこにいないんだ？」

「会田健作は、私たち警察を自分の近くに引きつけておいて、その間に、彼が作った戦闘集団に、東京に入る前に鹿島源太を殺させるつもりです。つまり、彼を殺して口封じをするつもりです。私たち警察としては、絶対に、鹿島源太のことを殺させたくはありません。逮捕し、裁判で証言をさせたいのです。彼は、七年前に木下秀雄という男を、酔った挙句に殺していますが、真相は、会田健作に頼まれて殺したものと思われます。会田健作は、そのことを鹿島源太に証言させたくはないので、警察に捕まる前に、殺してしまおうとしているのです。現状のままでは、私たちは、鹿島源太と一緒に殺されてしまいます。ですから、すぐに応援をお願いします」

「分かったが、今からパトカーを飛ばしても、SATがそこまで行くのには、一時間半はかかってしまうぞ」

「それでは間に合いません。ですから、警視庁のヘリコプター部隊に、すぐ出動を要請してください。そのヘリコプターには、SATを何人か乗せていただきたいのです。包囲している連中を狙撃《そげき》すれば、何とか助かるかもしれません」

「分かった。ヘリコプター部隊を出動させる。それまで何とか頑張れ」

と、本多一課長がいった。

「一時間、何とかしろ。そうすれば助かるぞ」

部下の刑事たちに向かって、十津川が叫んだ時、その声めがけて、一斉に狙撃された。

窓ガラスが割れ、ブスブスと、弾丸が壁にめり込んでいく。

鹿島源太が、十津川のそばに寄ってきて、

「なぜ、俺を助けたんだ？」

「あんたには、生きて証言してもらいたいからだよ。七年前に、あんたは酔ってケンカをして、木下秀雄という男を殺した。逮捕されて、府中刑務所に収監された。しかし本当は、会田健作に頼まれて殺したんじゃないか。だから、あんたを殺させたくはないんだ。ちゃんと裁判に出て、真実を話してほしい。だから、あんたを助けるんだ」

十津川が、繰り返した。

また一斉射撃。銃声が重なり、空気が震え、弾丸が容赦なく、飛びこんでくる。

鹿島源太が、ニヤリとして、

「冷静に見て、どうやらこっちの負けだな」

「そんなことをいっていないで、あんたも戦ったらどうなんだ?」

「無理だ。さっき、刑事に拳銃を取り上げられた」

「刑事の誰?」

「西本といっていた」

「西本!」

と、十津川が怒鳴った。

「鹿島源太に、拳銃を返してやれ」

その後、十津川は鹿島に拳銃を渡しながら、

「いいか、死にたくなければ、少しは相手をやっつけろ」

突然、派出所の裏で、大きな爆発が起きた。連中が、多分手榴弾《しゅりゅうだん》でも投げたのだろう。

派出所が包囲されて、連中が一斉に手榴弾を投げ始めたら、間違いなく、こちらは、全員が戦死である。

派出所の前に停めた二台の覆面パトカーは、あっという間に炎に包まれていった。連中が投げた手榴弾がエンジンに命中したのだろう。

時間が経っていく。刑事の一人が、敵の弾丸を肩に受けて倒れた。

その時、北条早苗刑事が、

「聞こえます」

と、大声でいった。

「何が聞こえるんだ？」

「爆音ですよ、爆音」

と、北条早苗が、いった。

十津川の耳にも、爆音が聞こえてきた。

警視庁のヘリが、ようやく到着したのだ。

一機、二機と、派出所の上空でホバリングを始めた。ヘリコプターには、スナイパーが乗っている筈だ。

車の屋根から、ライフルで派出所を狙っていた若い男が、突然、頭上のヘリコプターから撃たれて転げ落ちた。

包囲していた連中の間に動揺が起きたのは、二機のヘリコプターの後から、三機目、四機目のヘリコプターが姿を現したからだった。

四機のヘリコプターから、スナイパーが正確に狙って、連中を一人、また一人と倒していく。

「どうやら、みんな助かりそうだな」

十津川のそばで、鹿島源太が、嬉《うれ》しいのか悲しいのか、分からないような顔でいった。

「いいか、今からいっておくが、私たちは、君を逮捕する。裁判では、君自身の口から、会田健作について証言してもらうんだ。そのつもりでいてくれ」

十津川が、鹿島源太にいい含めるように、いった。

北条早苗が、頭にケガをした天野清美に、ハンカチをつないで作った、即席の包帯を巻いてやった。

「これからどうなるの？」

天野清美が、早苗にきく。

早苗が、十津川を見る。

十津川は、怒鳴った。

「あんたにも、絶対に、裁判で証言してもらうぞ」

9

東京の会田邸では、三十人以上の刑事たちが、十津川からの連絡を受けて、一斉に二階に上がって、ドアを蹴破《けやぶ》って、中にいた会田健作を逮捕した。

刑事たちの中に、本多捜査一課長の姿もあった。

刑事の一人が、会田健作に手錠をかけた。

会田が叫ぶ。

「こんなことをしていいのか？　後悔するぞ」

それに対して、本多捜査一課長が、

「あんたの言葉を信じて、あんたの警護をしたことを、今頃、三上刑事部長も後悔している筈だ。私は後悔したくないから、あんたを逮捕し、法廷に引きずり出してやる」

と、いった。

「こんなことをしていると、私が育てた若者たちが押しかけてきて、あんたらを殺して、私を助け出すぞ。警視庁だって叩《たた》き潰《つぶ》してやる」

会田が、叫ぶようにいう。

本多捜査一課長が、いい返した。

「十津川警部からの報告によれば、君が育てたというその戦闘部隊は、計算がちゃんと出来るらしいな。どっちについたほうが得か、ちゃんと計算して、半分は逃げて、半分は手を上げたといっているよ」

本作品はフィクションです。実在のいかなる組織、個人とも、一切関わりのないことを付記します。（編集部）

本書は二〇一三年十一月、小社より刊行されました。

哀切《あいせつ》の小海線《こうみせん》

西村京太郎《にしむらきょうたろう》

平成28年 9月25日　初版発行
令和7年 1月20日　5版発行

発行者●山下直久

発行●株式会社KADOKAWA
〒102-8177　東京都千代田区富士見2-13-3
電話　0570-002-301(ナビダイヤル)

角川文庫 19959

印刷所●株式会社KADOKAWA
製本所●株式会社KADOKAWA

表紙画●和田三造

●お問い合わせ
https://www.kadokawa.co.jp/（「お問い合わせ」へお進みください）
※内容によっては、お答えできない場合があります。
※サポートは日本国内のみとさせていただきます。
※Japanese text only

ISBN978-4-04-104473-5　C0193

角川文庫発刊に際して

角川源義

第二次世界大戦の敗北は、軍事力の敗北であった以上に、私たちの若い文化力の敗退であった。私たちの文化が戦争に対して如何に無力であり、単なるあだ花に過ぎなかったかを、私たちは身を以て体験し痛感した。西洋近代文化の摂取にとって、明治以後八十年の歳月は決して短かすぎたとは言えない。にもかかわらず、近代文化の伝統を確立し、自由な批判と柔軟な良識に富む文化層として自らを形成することに私たちは失敗して来た。そしてこれは、各層への文化の普及滲透を任務とする出版人の責任でもあった。

一九四五年以来、私たちは再び振出しに戻り、第一歩から踏み出すことを余儀なくされた。これは大きな不幸ではあるが、反面、これまでの混沌・未熟・歪曲の中にあった我が国の文化に秩序と確たる基礎を齎らすためには絶好の機会でもある。角川書店は、このような祖国の文化的危機にあたり、微力をも顧みず再建の礎石たるべき抱負と決意とをもって出発したが、ここに創立以来の念願を果すべく角川文庫を発刊する。これまで刊行されたあらゆる全集叢書文庫類の長所と短所とを検討し、古今東西の不朽の典籍を、良心的編集のもとに、廉価に、そして書架にふさわしい美本として、多くのひとびとに提供しようとする。しかし私たちは徒らに百科全書的な知識のジレッタントを作ることを目的とせず、あくまで祖国の文化に秩序と再建への道を示し、この文庫を角川書店の栄ある事業として、今後永久に継続発展せしめ、学芸と教養との殿堂として大成せんことを期したい。多くの読書子の愛情ある忠言と支持とによって、この希望と抱負とを完遂せしめられんことを願う。

一九四九年五月三日

角川文庫ベストセラー

東京ミステリー　西村京太郎

江戸川区内の交番に勤める山中は、地元住民5人と一緒に箱根の別荘を購入することに。しかし別荘に移ったしばらく後、メンバーの1人が行方不明になってしまう。さらに第2の失踪者が――。

十津川警部　神話の里殺人事件　西村京太郎

N銀行の元監査役が「神話の里で人を殺した」と遺書を残して自殺した。捜査を開始した十津川警部は、遺書に書かれた事件を追うことに……日本各地にある神話の里は特定できるのか。十津川シリーズ長編。

十津川警部　三河恋唄　西村京太郎

左腕を撃たれた衝撃で、記憶を失ってしまった吉良義久。自分の記憶を取り戻すために、書きかけていた小説の舞台の三河に旅立つ。十津川警部も狙撃犯の手がかりを求め亀井とともに現地へ向かう。

Mの秘密　東京・京都五一三・六キロの間　西村京太郎

作家の吉田は武蔵野の古い洋館を購入した。売り主の母は終戦直後、吉田茂がマッカーサーの下に送り込んだスパイだったという噂を聞く。そして不動産会社の社員が殺害され……十津川が辿り着いた真相とは？

十津川警部　捜査行　みちのく事件簿　西村京太郎

一人旅をしていた警視庁の刑事・酒井は同宿の女性にふとしたきっかけで誘われて一緒に露天風呂に入った。翌々朝、その女性が露天風呂で死体となって発見され……「死体は潮風に吹かれて」他、4編収録。

角川文庫ベストセラー

発射痕
顔のない刑事・囮捜査
太田蘭三

拳銃密売情報を摑んだ特捜刑事・香月功は、歌舞伎町に潜入、囮捜査を開始する。銃を使った強盗殺人が続発する中、香月は密売ルートを追うが、情を交わした美貌の女組長が敵対組織に拉致されてしまい!?

消えた妖精
顔のない刑事・追走指令
太田蘭三

三年前に盗まれた時価二億円のエメラルド〈森の妖精〉の行方を追う特捜刑事・香月功は、犯人と目される男の愛人に近づくため、新宿歌舞伎町に潜入する。暴力団蠢く裏社会で香月が辿り着く衝撃の真相とは!?

緊急配備
顔のない刑事・隠密捜査
太田蘭三

サービスエリアで大型観光バスが消失……暴力団の捜査で大阪へ向かった特捜刑事・香月功は、奇妙な事件に遭遇した。だが捜査のうちに、思わぬ事件との関連が次々と明らかになる。背後に蠢く影の正体とは!?

蛇《スネーク》の指輪《リング》
顔のない刑事・迷宮捜査
太田蘭三

元刑事の遠沼が拳銃を盗み失踪した。彼を追う特捜刑事・香月功は、〝蛇の指輪〟をした暴力団幹部に急襲される……何故か東西の暴力団も彼を追っているという。遠沼とは何者なのか？　人気シリーズ第18弾！

歌舞伎町謀殺
顔のない刑事・刺青捜査
太田蘭三

歌舞伎町に消えた警視庁幹部の娘を捜せ。指令を受けた警察手帳を持たない刑事・香月は潜入捜査を開始するが、歌舞伎町では暴力団同士が抗争状態にあった。その頃、伊豆大島で刺青をした男の死体が発見される。